赵丽宏⊙著　（赵丽宏作品精选）

Ding WanShao Nian

顶碗少年

作家出版社

少年很沉着，不慌不忙地重复着刚才的
动作，依然是那么轻松优美，紧张不安
的观众终于又陶醉在他的表演之中。到
最后关头了，又是两个人叠在一起，
又是一个接一个艰难的转身，碗，
又在他头顶厉害地摇晃起来。观
众们屏住气，目不转睛地盯
着他头上的碗……

顶碗少年

在
芭堤雅的东巴乐园，
一群大象为人们作表演。表
演的尾声，也是最高潮。在欢乐
的音乐声中，象群翩翩起舞，观众都
涌到了宽阔的场地上，人群和象群混
杂在一起舞之蹈之，热烈的气氛感染了
在场的每一个人。舞蹈的大象，看起来
没有一点笨重的感觉，它们随着音乐的
节奏摇头晃脑，踮脚抬腿，前后左右
颠动着身子，长长的鼻子在空中挥
舞。毫无疑问，它们和人一起，
陶醉在音乐中。

顶
碗
少
年

目录
CONTENTS

小鸟，你飞向何方

在黄昏的微光里，有那清晨的鸟儿来到了我的沉默的鸟巢里。

我喜欢泰戈尔的诗。还在读中学的时候，泰戈尔就把我迷住了，一本薄薄的《飞鸟集》，竟被我纤嫩的手指翻得稀烂。那些充满着光彩和幻想的诗句，曾多少次拨动我少年的心弦……

《飞鸟集》破损了，我渴望再得到一本。然而，运动一开始，这个小小的愿望，竟成了梦想。我的那本破烂的《飞鸟集》，也被人拿去投入街头烧书的熊熊烈火中，暗红色的灰烬在火光里飞舞，飘飘洒洒，纷纷扬扬。我仿佛看见老态龙钟的泰戈尔在火光里站着，烈火烧红了他的白发，烧红了他的银须，也烧红了他的朴素的白袍。他用他那冷峻而又安详的目光注视着这一切，看着，看着，他的神色变了，似有几许惊恐、几许不安，也有几许愤怒、几许嘲讽……

我还是喜欢泰戈尔。在动乱的岁月里，我默默地背诵着他的诗，以求得几分心灵的安宁。"诗人的风，正出经海洋和森林，求它自己的歌声。"我陶醉在他所描绘的大自然中了——那宁静而又浮躁的海洋，那广袤而又多变的天空，那温暖而又清澈的湖泊，那葱郁而又古老的森林……

有一天，我忽然异想天开了：到旧书店去走走，看能不能找到几本好书。结果，当然叫人失望。但，我发现，有时还会有几本"罪当火烧"的书出现在书架上，或许，这是由于店员的粗心吧。于是，我抱着几分侥幸，三天两头往旧书店跑。一个星期天的早晨，我又走进冷冷清清的旧书店。我的目光，久久地在一排排大红的书脊上扫动。突然，我的眼睛发亮了：一条翠绿色的书脊，赫然跻身在一片红色之间。呵，竟是《飞鸟集》！

该不会有另一种《飞鸟集》吧？我不相信自己的眼睛，仔细一看，果真有泰戈尔的名字。随即，我又紧张了，是的，这年头，得而复失的太多了。挤压着《飞鸟集》的一片红色，又使我想起街头那一堆堆焚书的烈火、那漫天飞扬的纸灰……我赶紧向书架伸出手去。

几乎是同时，旁边也伸出一只手来，两只手，都紧紧地捏住了《飞鸟集》。这是一只瘦小白皙的手，一只小姑娘的手。我转过脸来，正迎上两道清亮的目光——一个中学生模样的小姑娘站在我身旁，抬起脸看着我，白圆的脸上，一双清秀的眼睛眨巴眨巴地闪动着，像一潭清澈见底的泉水，微波起伏，平静中略带点惊讶。

我愣住了，手捏着书脊，不知如何是好。还是她开了口："你也要它吗？那就给你吧。"声音，清脆得像小鸟在唱歌。

我的脑海里忽然旋起个念头：在这样的时候，她还会喜欢泰戈尔？莫非，她根本不知道这是怎样一本书？于是，我轻轻问道："你知道，这是谁的书？"

"谁的书！"小姑娘抬起头来，颇有些惊奇地看着我，秀美的眼睛睁得滚圆，转而，开心地笑起来，一边笑，一边做了个鬼脸："这是一个老爷爷的书，一个满脸白胡子的印度老爷爷。我喜欢他。"说罢,用手做着捋胡子的样子,又格格地笑了。如同平静的池塘里投进了一颗石子,笑声,在静静的店堂里荡漾……

啊,还真是个熟悉泰戈尔的!我多么想和她谈谈泰戈尔,谈谈我所喜欢的那些作家,谈谈几乎已被人们遗忘了的世界呵!然而,这样的年头,这样的场合,这样的谈话肯定是不合时宜的,即便年轻,我还是懂得这一点。小姑娘见我呆呆地不吭声,刷的一下把《飞鸟集》从书架上抽下来,塞到我手中:"给你吧,我家里还藏着一本呢!"没等我做出任何反应,她已经转身离去了。我只看见她的背影:一件淡紫色的衬衫,上面开满了白色的小花;两根垂到腰间的长辫,随着她轻快的脚步摆动……

她走了,像一缕轻盈的风,像一阵清凉的雨,像一曲优美的歌……

夏天的飞鸟,飞到我窗前唱歌,又飞去了。

旧书店里的那次邂逅,留给我的印象竟是那么强烈。真的,生活中有些偶然发生的事情,有时会深深地刻进记忆中,永远也忘记不了。我不知道那个小姑娘的名字,甚至没有看仔细她的容貌,但,她从此却常常地闯到我的记忆中来。当我看着那些在街头吸烟、无聊蹀躞的青年,心头忧郁发闷的时候,当我读着那些大吹"知识越多越反动"的奇文,两眼茫然迷离的时候,她,就会悄悄地站到我的面前,眨着一对明亮的眼睛,莞尔一笑,把一本《飞鸟集》塞到我手中,然后,是那唱歌一般悦耳的声音:这是一个老爷爷的书,给你吧,我家里还藏着一本呢!……

她使我惶乱的思想得到一丝欣慰,她使我空虚的心灵得到几分充实。她使我相信:并不是所有的青年人都忘记了世界,抛弃了前人创造的文化,抛弃了那些属于全体人类的美的事物!

有时，我真想再见到这位小姑娘，可是，偌大个城市，哪里找得到她呢？有时，我却又怕见到她，因为，在这些岁月里，有多少纯真的青年人变了，变得世故，变得粗俗，就像炎夏久旱之后的秧苗，失去了水灵灵的翠绿，萎缩了，枯黄了。我怕再见到她以后，便会永远丢失那段美好的回忆。

一次，我在街上走着，迎面过来几个时髦的姑娘，飘拂潇洒的波浪长发，色调浓艳的喇叭裤子，高跟鞋踏得笃笃作响，香脂味随着轻风飘漾。她们指手画脚大声谈笑着，毫无顾忌，似乎故意招摇过市，引得路人纷纷投去惊奇的目光，目光之中，不无鄙视。对那些衣着打扮，我倒并没有反感，只是她们的神态……

我忽然发现，这中间有一张似曾相识的脸——呵，难道是她？是那个在书店遇见的姑娘！真有点像呀！我的心不禁一阵抽搐。我迎上去，想打招呼，她却根本不认识我，连看都不看一眼，勾着女伴的脖颈，嬉笑着从我身边走过去。哦，不是她，但愿不是她，我默默地安慰着自己，呆立在路边，闭上了眼睛……

是的，这绝不会是她。然而，这件小事却给了我心头重重一击。工作之余，我又打开泰戈尔的诗集。泰戈尔，这位异国的诗人，毕竟离我们很遥远了，他怎么能回答我们这一代青年人的疑虑和苦恼呢！他的一些含着神秘色彩的诗句，竟使我增添许多莫名的忧愁和烦闷。"有些看不见的手指，如懒懒的微飔似的，正在我的心上，奏着潺湲的乐声。"可"我知道我的忧伤会伸展开它的红玫瑰叶子，把心开向太阳"！

冬天的小鸟啾唧着，要飞向何方？

历尽了一场肃杀的寒冬，春天来了。经过冰雪的煎熬，经过风暴的洗礼，多少年轻的心灵复苏了，他们告别了愚昧，告别了忧郁，告别了轻狂，向光明的未来迈开了脚步。就像泥土里的种子，悄悄地萌发出水灵灵的嫩芽，使劲顶出地面，在春风春雨里舒展开青翠的枝叶……

恍若梦境，我竟考上了大学。去报到之前，我清理着我的小小的书库，找几本心爱的书随身带着，第一本，就想到了《飞鸟集》。呵，她在哪里呢？那个许多年前在书店里遇见的小姑娘！此刻，即使她站到我面前，我大概也不会认识她了，可是，我多么想知道，她在哪里……

人流，长长不断的人流，浩浩荡荡拥向校门。我随着报到的人群，慢慢地向前走着。不知怎的，我仿佛有一种预感——在这重进校门的队伍中，会遇见她。于是，我频频四顾，在人群中寻找着。

一次又一次，我似乎见到了她——她背着书包走过来了，脚步，已不似当年轻盈，却稳重了，坚定了；身上，还是那一件淡紫色的衬衫，上面开满了白色的小花；两根垂到腰间的长辫，轻轻地晃动着……

这不过是幻觉而已，我找不到她。在这支源源不绝的人流里，有那么多的小伙，那么多的姑娘，哪有这样巧的事情呢。可是，我的心头还是涌起了几分惆怅，眼前，仿佛又掠过几年前在街头见到的那一幕……

有人撞到我的脚跟上，我一下子从沉思中惊醒。身边，是笑声，是歌声，是脚步声。我不禁哑然失笑了。脑海中，突然跳出几行不知是谁写的诗句来：

> 你呀，你呀，何必那么傻，
> 经过一场风寒，就以为万物肃杀。
> 闻一闻风儿中春的芳馨吧，
> 生活，总要向美好转化！

小鸟，你飞向何方

005

　　我抬起头来，幽蓝的天空，辽远而又纯净——这是春天的晴空呵！一群又一群鸟儿从远方来了，它们欢叫着，扇动着翅膀，划过透明的青天，飞呵，飞呵，飞……

雨 中

傍晚，天边飘来一朵暗红色的云。天还没落黑，就淅淅沥沥下起雨来。

热闹了一天的城市，在雨中渐渐安静下来。汹涌的人潮流进了千家万户，水淋淋的马路，像一条闪闪发光的绸带，在初夏的绿荫中轻轻地飘。一群刚刚放学的孩子撑着雨伞，仿佛是浮动的点点花瓣；偶尔过往的车辆，就像水波里穿梭的小船……

一个年轻的姑娘拉着一辆小运货车，在雨中急匆匆地走来。车上，装着两大筐苹果，红喷喷的，黄澄澄的，堆得冒出了箩筐。许是心急，许是路滑，在马路拐弯处，只见小车一歪，一只箩筐，翻倒在马路上，又圆又红的大苹果，滴溜溜地在湿漉漉的路面上蹦跳着，蹦到了马路中间，跳到了马路对面，一时滚得满地都是。姑娘赶紧放下车把，慌里慌张拾了起来。几百个苹果散了一地，哪里来得及捡呢！姑娘捡起了这个，滚走了那个，眼看，汽车嘟嘟叫着从远处驶来……

正好，有一群放学回家的孩子走过这里，没等姑娘招呼，他们就奔过去，七手八脚地捡了起来。姑娘直起身子，不由皱起了眉头，哦，假使遇上一帮淘气的孩子，每人捡几个苹果一哄而散，挡也没法挡呀！仿佛看出了她的焦虑，一个胖乎乎的小男孩走到她身边，说："不要着急，大姐姐，一个苹果也不会少！"说罢，他解下脖子上的红领巾，大声叫道："刚刚、彬彬、小军，来，跟我封锁交通！"然后，又不停地摆动红领巾，向驶近的汽车大声叫着："停一停！停一停！"

一辆大卡车停下来了。司机是个小伙子，他把头伸出车窗一瞧，笑了，然后砰的一声打开车门，跳下车和孩子们一块儿捡起苹果来。一辆小轿车停下来了，一位满头白发的老人也走下车来了。路边，过往的行人也来了。大大小小的人混在一起，追逐着满地乱滚的苹果，宁静的马路顿时热闹起来……

这一切，发生得这样突然，又结束得这样迅速。我们的那位运苹果的姑娘，还没来得及说声谢谢，帮助拾苹果的人们已经消散在雨帘里。孩子们嬉笑着撑开伞，唱着歌儿走了，卡车和轿车也开走了。只有那一筐散而复聚的大苹果，经过这一趟小小的旅行，变得水淋淋的，在姑娘身边闪着亮晶晶的光芒。

两筐苹果，几个孩子，一场为夏天的闷热带来万般清凉的雨……这些本来毫不相干的事物，在一个偶然的机会里，却相互关联着，组成了一个并不宏大却十分动人的场面——留下了很多的深思，随着这绵绵长长的雨点，随着这拂拂而来的夜风，流进了一条条小街小弄，或许，也流进了人们的心里……

在夏天，这样的雨是很多的。

我盼望着……

雨，还在飘飘洒洒。恢复了宁静的马路，依然像条闪光的绸带，在雨帘里轻轻地飘。运苹果的姑娘目送着孩子们彩色的雨伞，突然感到，这初夏的雨点，是那么清凉，这雨中的世界，是那么清新……

旷野的微光

图书馆宽敞的阅览大厅里，数不清的日光灯一起亮着。银白色透明的灯光，柔和地洒满了这个宁静安谧的世界，只有读者轻轻的翻书声：沙沙，沙沙……不知怎的，我的眼前竟出现了一盏油灯，它微弱、幽暗，却是那么坚韧，那么美丽地闪烁、闪烁……

这是一盏最简陋、最不起眼的小油灯：一只圆形的墨水瓶，一根棉纱灯芯，便是它的全部结构。它曾经有过一个方形的玻璃灯罩，不知在什么时候被打碎了，再也没有配起来。哦，我怎么能忘记它的光芒呢！在农村插队的岁月里，它的黄色的颤动的光芒，曾亲切地抚摸我，陪伴我度过了许多雨雾弥漫的夜晚……

血红色的夕阳垂落在天边，我，拖着长长的影子在田埂上蹀躞。这是我刚到崇明岛的时候，天天在田野里干活，一天下来，浑身仿佛散了架。回到我的小草屋里，一个人木然颓坐，筋酸骨痛，心灰意懒，只有那盏小油灯忽闪忽闪地跳跃着，像一只在黑暗里闪闪发光的眼睛，用一种怜悯的目光凝视我。在那昏黄幽弱的火光里，我看着自己扭曲了的影子在墙上晃来晃去，不由顾影自怜，觉得自己就像一根茕茕孑立的野草，迷茫地面对着萧瑟的旷野……

　　对了，在油灯下看一点书吧。然而，这是一个精神世界异常贫瘠的时代，那些千篇一律的文字，比我的粗硬的蒸玉米饭更难以下咽，我实在没有勇气啃它们。于是，对着那盏幽暗的小油灯，我又茫然了。油灯闪烁着，还是像一只眼睛，只是它的目光之中仿佛有嘲讽之色。它在嘲笑我的空虚和彷徨……在那闪烁的灯光里，我坐不住了：难道就这样让自己的思想和灵魂在黑暗中麻木、腐朽？不！我不愿意！我想起了过去曾经读过的那些美好的书，我怀念它们，我要找到它们！油灯尽管微弱，也可以为我照明，在浓重的黑暗中，有这样一点烛火就足够了！

　　美好的东西毕竟是禁灭不了的。远方的朋友为我带来了一些劫后余生的好书，当地一些念过书的老人，竟也为我找来一些难得的古书。最令我兴奋的是，在一所乡间中学里，我发现了一大堆废弃的旧书！从此，在那盏小油灯下，有了无数个令人沉醉的夜晚。我把灯芯挑得长长的，灯火，毕剥毕剥跳动着，成了一只兴奋的眼睛，它和我一起读书，一起分享着那份快乐。在它的微光里，我尽情地驰骋自己的情感和想象，我的目光透过那些破旧的书页，飞出我的草屋，看得无比遥远。世界，真大啊……

　　小油灯闪烁着。在那幽暗的微光里，我仿佛看见了李白，我看见他正驾着一片雪白的帆，在烟波浩渺的扬子江上留下豪放的歌声……我仿佛看见了苏东坡，他仰对一轮皓月，呼喊着天上的神仙，思念着地上的朋友……我还看见泰戈尔，他把我引进一个神秘而又美妙的世界，那里的星星、月亮、海洋、森林，都流溢着奇异的光彩，使我流连忘返……我也看见了普希金，他坐着一辆雪橇，在苍茫灰暗的雪地上划出一行发光的诗句：心儿呵，永远憧憬着未来！……还有雪莱，我常常能听到他热情而又庄严的声音：冬天来了，春天还会远吗？

　　小油灯闪烁着。在那幽暗的微光里，我仿佛跟着雨果来到19

世纪的法国，目睹了那一幕幕浸透着血泪的人间惨剧……我仿佛跟着狄更斯渡过英吉利海峡，见到许多机智可爱的小人物……我看见罗曼·罗兰笔下那个愤世嫉俗的约翰·克利斯朵夫，正坐在一架古老的钢琴前，弹奏一支深沉优美的奏鸣曲；杰克·伦敦笔下的那个马丁·伊登，在一片惊涛骇浪之中，咬紧了牙关搏斗着……我为贾宝玉和林黛玉的悲剧叹息，为牛虻和保尔的韧性激动，我和林道静探讨着人生道路，向车尔尼雪夫斯基请教着美学问题……

哦，我的小油灯，这闪烁在旷野里的微光，是它把我带回到那被阻隔了的广阔多彩的世界。是它为我照明，让我看见了许多人类智慧和文化的结晶，看见了许多璀璨瑰丽的美好事物。我像一股柔弱细小的山溪，在那奇妙的微光之中，缓缓地流出闭塞的峡谷，汇集起许多晶莹的泉水和露珠，逐渐丰满起来，充实起来……

我的生活和情绪发生了变化。在田野里干那些繁重的农活，流着汗，淋着雨，顶着寒风，确实很辛苦，然而一想起那盏小油灯，想起它的温暖柔和的光芒，我的心头便会感到一阵欢悦，觉得自己寂寥的生活有了一些慰藉，有了一种寄托。可是，我也经常有一种莫名的担心，担心这一点弱小的豆火会突然被黑暗吞噬。有时，屋外风雨交加，窗户门板被打得劈啪作响，风从门缝里钻进来，把一无遮掩的灯火吹得左右摇晃，然而它还是亮着，把黄澄澄的光芒投到我的书页上。有一次，它也确乎经历了一场危险。说来也可笑，邻宅的一只肥头肥脑的大黑猫，竟觊觎起我的小油灯来。一天晚上，它窜进我的小屋，跳上桌子，对着那盏油灯观察了好一会儿，竟愚蠢地用鼻子去嗅火苗，结果一声惨叫，夹着尾巴逃走了。油灯被撞得翻倒在地下，油泼了大半，火苗却没有熄灭。第二天，我看见那只黑猫鼻子乌黑，烧断了好几根胡须，它远远地瞅着我的小油灯，依然丧魂落魄的样子。我的小油灯终于没有熄灭。

哦，在黑暗之中，那一星一点的火光是多么珍贵！我不会忘记那盏幽弱的小油灯，不会忘记那闪烁在旷野里的微光。

青 鸟

下了一夜大雪。天刚亮，透过镶满冰凌花的窗玻璃向外看，只见一片耀眼的白色。红色的砖墙，青灰色的屋脊，墨绿色的柏树枝，全都变白了，仿佛世界上所有的色彩都融化在这单调的白色里。北风在低低地吼叫，窗台上的积雪飞着、飘着，似在炫耀雪天的寒冷……

门缝里，悄然塞进一张沾着雪花的报纸来。是那个年轻的女邮递员，冰天雪地的，她还是这么早就来了。我打开门，她已经远去，那绿色的背影在晶莹的白雪之中晃动着，显得分外鲜亮。雪地上，留下一行深深的脚印，弯弯曲曲，高高低低，从这一家门口，通向那一家门口……

我捧着报纸，却看不下一行，那一团鲜亮的绿色，老是在我的眼前晃动、跳跃、飞翔，它仿佛化成了一只翩然振翅的鸟，飘飘悠悠地向我飞过来……

绿色的鸟，在广袤的田野里飞着。近了，近了，原来是一位送信的老人，骑着自行车急匆匆地过来了。他的脸是深褐色的，长年在旷野里奔波的乡邮员大多这样，只是他的脸上还刻着深深的皱纹。他的一身绿制服已经洗得很旧,只有车上挂着的那只邮袋还是绿得那么鲜亮。

"小伙子,这是你的信吧?想家么?"当他第一次把信送到我手里时,微笑着轻轻问了一句。不知怎的,这位老乡邮员,一见面就使我感到亲切,在他善意的微笑里,在他的关切的询问中,我看见了一颗充满着同情和关怀的长者之心。

这是一个沉默寡言的老人,在农村送了几十年信。每天,他的自行车铃声在田埂上一响,田里干活的人便围了上去。于是他便开始默默地分发信件,只是偶尔关照几句。他不仅能叫出方圆几十里地的大多数人的名字,还了解每家每户的情况呢。人们亲切地叫他老张头。他管送信,也兼管寄信。社员们发信、寄包裹,都拜托他。每每一圈跑下来,他的邮袋非但不空,反而装得更鼓了。逢到雨天,乡间的泥路便不能骑车了。这种时候,老张头要迟一点来。他穿着一件宽大的雨衣,背着一个沉甸甸的大邮袋,背脊稍稍佝偻,竟显得十分矮小。尽管总是一脸雨、一脸汗、一身污泥,急匆匆的步子常常吃力而又蹒跚,然而他却从来没有耽误过一次。这几十里泥路,实在是够他受的。

那时候,信,是我生活中多么重要的内容呵。在那些小小的信封里,装着亲人们的问候,装着朋友们的友情,也装着我的秘密——远方,有一个善良而又倔强的姑娘,不顾亲友的反对,悄悄地、不附加任何条件地把她最纯真的初恋给了我。她在都市,我在乡村,在许多人眼里,这不啻有天壤之别。有了她,我生活中的劳累、艰辛,仿佛都容易对付了。像所有初恋中的青年人一样,我激动、陶醉,常常陷入幸福的遐想……这一切,都是她的那些热情的信给我带来的。而所有的来信,又都是通过这位老邮递员送到我手中的。下乡不多几天我就深深地感觉到,这位送信的老人,对于我是何等的重要!每天,我都急切地盼望着,盼望着他的绿色的、瘦小的身影出现在那条被刺槐树荫掩隐的小路上。那心情，就像远航在大洋上的水手盼望着从空蒙的海面上升起飘忽朦胧的海岸，就像跋涉在沙漠里的旅人盼望着从荒寂的黄丘中露出郁郁葱葱的绿洲。每次见到他，我的心总会扑通扑通地跳起来，血也仿佛会流得更快：今天，会有她的信么？……

这一切，这送信的老人想来是不会知道的，他每天要投送成百上千封信呵。他的表情好像有点麻木，密密的皱纹里，似乎流淌着几丝忧悒。然而对我，他却总是特别关注一点，每次把信送到我手里时，他会朝着我友好地点头一笑。日子久了，我觉得他那一笑似乎变得意味深长了。这笑里，有关心，有赞许，也有鼓励，有时他还会笑着轻轻地对我说一句："又来了。"又来了？是她又来了！哦，这老人，仿佛已经知道了我的秘密。或许，在那些右下角印着金色小鸟的相同的信封上，在信封上那娟秀的字迹里，在那个固定不变的寄信人的地址中，他隐约窥见了我的秘密。

人与人的了解，真是一件难以捉摸的事情。有些人整天厮混在一起，海阔天空，无所不谈，过后细细一想，却仍然有一层烟雾笼罩着，只能看出一个模糊不清的轮廓。而有些人交流甚少，只是一次偶然的邂逅，只是寥寥几句对话，甚至只是无声的一瞥，留在你心中的印象，却鲜明而又亲切，历久而难忘。这送信的老张头，我和他几乎没有说上过一句囫囵的话，每天，当他把信送到我手中时，我们只是点点头打个招呼，我却感觉到，他是了解我的，包括我内心的秘密。这个善良的老人，他同情我，关心我，也喜欢我那远方的姑娘——她毫不犹豫地把自己的爱情献给一个插队在乡下的孤独的青年——他赞赏这种爱情。他的眼神，他的微笑，明确地告诉我这所有的一切。

我觉得，在我们无声的交流中，有一种信任，有一种心灵的默契。倘若他问我，我绝不会对他有任何隐瞒的，所有的过程，所有的细节，我都愿意向他和盘托出。然而他从不问我。

有时几天收不到她的信，我便会着急起来，老张头送信离开时，我总是一个人呆呆地站在田头，那模样大概很失落很可怜。"不要急。"他用简短的三个字安慰我。有一次，见我太失望，他轻轻地拍了拍我的肩膀，低声说："送你两句诗，怎么样？"我很吃惊，他也懂诗？"两情若是久长时，又岂在朝朝暮暮。"他笑着说出了秦少游的两句词，转身上车，朝我挥了挥手。他的绿色背影消失在远处，他的声音却久久萦绕在我耳边，像一股清凉的泉水，缓缓流进我焦虑的心，使我平静下来。

月有阴晴圆缺，爱情，也总是曲折的。晴朗的天空会突然飘过乌云，平静的水面会随风漾动波澜……因为一些小小的误会，远方的姑娘竟和我赌气了，一连一个多月没有来信。这似乎是一次真正的危机，我陷入了极大的苦恼之中。老张头知道我的心思，每天来到田头，他总是凝视我，然后意味深长地点点头。他没有说一句安慰我的话，但从他的表情中，我能感觉到他深切的同情和真挚的关心。他的目光，分明在对我说："要经受住考验呵。"

就在这时，老张头突然退休了。听人说，他身体不好。这一带的邮递员换上了一个骑摩托车的小伙子。正是初春，连着下了很多天雨，摩托车无法在泥泞的乡间小路上行驶，那小伙子竟然好几天没有来送信。在老张头上班时，从来没有发生过这样的事情。那正是乱哄哄的年头，乡村的邮局大概也没有人管，社员们都骂开了。那天正在田里干活，忽然有人叫起来："老张头！老张头回来了！"我抬头一看，果然，在那条槐荫摇曳的小路上，老张头慢慢地走过来了。他还是穿着那件洗得发了白的绿色制服，肩上背着一个沉甸甸的大邮袋。一个多月不见，他看上去竟老了许多，背脊比先前佝偻得更厉害，头上也似乎添了不少银丝。看着在他脸上那些密密的皱纹里滚动的汗珠，看着那一身沾满泥巴的绿制服，我忽然涌起一

青鸟

股强烈的恻隐之情，这老人，此时该是儿孙绕膝，享受着天伦之乐，可他却在这泥泞的道路上负重奔波……

没有人发号召，在田里干活的人们都不约而同地放下手里的活儿，走到路边把老张头团团围了起来，亲热地问长问短。人们的热情，显然使老人激动了，他一面分发信件，一面嘿嘿地笑着应答，说不出一句话来。

有人问："哎，你不是退休了，今天怎么又来送信了？"

老张头一下子收敛起笑容，脸上有了火气："是退休了。今天去领工资，看到信件都积压在邮局里，那怎么行！一个邮递员，哪能眼睁睁地看着这么多信搁浅在半道上。他们不送，我老头子送！"

说着，他朝我走来，脸上又溢出真诚的微笑。看见他在信堆中挑拣着，我的心不禁怦然跳动……呵，雪白的信封，金色的小鸟，那熟悉的字迹！老张头把一封我日思夜想的信递到我手中，低声说了一句："你看，我知道她会来的。"

真正的爱情，毕竟不是脆弱的，误会涣然冰释了，我的小鸟终于又飞回来了！这信，又是老张头送给我的。就在我捧着信激动不已时，老张头已经步履蹒跚地远去。久久地，我目送着他，只见他那瘦小的背影，在春天彩色的田野里摇晃着，缩小着，终于消失在萌动着万点新绿的远方……

有过这样的经历，我由衷地对邮递员怀着一种真挚的敬意。有时真想拦住在路上见到的任何一位邮递员，大声地对他说："谢谢你！谢谢你们！"离开农村后，我又遇到过几位为我送信的女邮递员，虽然没有什么交流，但她们给我的印象都是踏实而热情的。她们常常使我想起老张头。

此刻，手里捧着当天的报纸，我依然看不下一行。洁白轻柔的雪花，依然在窗外纷纷扬扬地飘舞，而报纸上的雪花早已融化，变成了一颗颗亮晶晶的小水珠，在我的眼前闪烁……我忽然想起杜甫的两句诗来："杨花雪落覆白蘋，青鸟飞去衔红巾。"青鸟，这是神话中美丽的小鸟，自古以来便被比作传递爱情的信使，受到人们的赞美。人民的邮递员，不也是忠诚、坚韧、值得赞美的青鸟么！

青鸟

山 雨

　　来得突然——跟着一阵阵湿润的山风，跟着一缕缕轻盈的云雾，雨，悄悄地来了。

　　先是听见它的声音，从很远的山林里传来，从很高的山坡上传来——

　　沙啦啦，沙啦啦……

　　像一曲无字的歌谣，神奇地从四面八方飘然而起，逐渐清晰起来，响亮起来，由远而近，由远而近……

　　雨声里，山中的每一块岩石、每一片树叶、每一丛绿草，都成了奇妙无比的琴键。飘飘洒洒的雨丝是无数轻捷柔软的手指，弹奏出一首又一首的优雅小曲，每一个音符都带着幻想的色彩。

　　雨改变了山林的颜色。阳光下，山林的色彩层次多得几乎难以辨认。有墨绿、翠绿，有淡青、金黄，也有火一般的红色。在雨中，所有的色彩都融化在水淋淋的嫩绿中，绿得耀眼，绿得透明。这清新的绿色仿佛在雨雾中流动，流进我的眼里，流进我的心胸。

　　这雨中的绿色，在画家的调色板上是很难调出来的，然而只要见过这水淋淋的绿，便很难忘却。

不知什么时候，雨，悄悄地停了。风，也屏住了呼吸，山中一下子变得非常幽静。远处，一只不知名的鸟儿开始啼啭起来，仿佛在倾吐着浴后的欢悦。近处，凝聚在树叶上的雨珠还往下滴，滴落路旁的小水洼中，发出异常清脆的音响——

　　叮——咚——叮——咚……

　　仿佛是一场山雨的余韵。

致大雁

一

在澄澈如洗的晴空里，你们骄傲地飞翔……

在乌云密布的天幕上，你们无畏地向前……

在风雨交加的征途中，你们欢乐地歌唱……

秋天——向南；春天——向北……

仰起头，凝视你神奇的雁阵，我总会有一阵微微的激动，有许多奇妙的联想，有一些难以得到解答的疑问……

大雁呵，南来北去的大雁，你们愿意在我的窗前小作停留，和我谈谈么？

二

有人说你们怯懦——

是为了逃避严寒，你们才赶在第一片雪花飘落之前，迎着深秋的风，匆匆地离开北国，飞向南方……

是为了躲开酷暑，你们才赶在夏日的炎阳烤焦大地之前，浴着暮春的雨，急急地离开南方，飞向北国……

　　是怯懦么？

　　为了这一份"怯懦"，你们将飞入漫长而又曲折的征途，等待你们的，是峻峭的高山，是茫茫的森林，是湍急的江河，是暴风骤雨，是惊雷闪电，是无数难以预料的艰难和险阻……然而你们起程了，没有半点迟疑，没有一丝畏缩，昂起头颅，展开翅膀，高高地飞上天空，满怀信心地遥望着前方……

　　是什么力量，驱使你们顽强地作着这样长途的飞行？是什么原因，使你们年年南来北往，从不误期？

　　是曾经有过的山盟海誓的约会么？

　　是为了寻找稀世的珍宝么？

　　告诉我，大雁，告诉我……

三

　　如果可能，我真想变成一片宁静的湖泊，铺展在你们的征途中。夜晚，请你们停留在我的怀抱里，我要听听你们的喁喁私语，听你们倾吐遥远的思念和向往，诉说征程中的艰辛和欢乐……

　　如果可能，我也想变成一片摇曳着绿荫的芦苇荡，欢迎你们飞来宿营。也许，当我温柔的绿叶梳理过你们风尘仆仆的羽毛，掸落你们翅膀上的雨珠灰土之后，你们会向我一吐衷曲，告诉我许多不为世人所知的隐秘和奇遇……

　　当然，我更想变成你们中间的一员，变成一只大雁。我要紧跟着你们勇敢的头雁，看它是如何率领着雁阵远走高飞的。我要看看——

　　在扑面而来的狂风之中，你们是如何尖厉地呼号着，用小小的翅膀，搏击强大的风魔……

在倾盆而下的急雨之后，你们是如何微笑着抖落满身水珠，重新蹿入云空……

在突然出现的秃鹫袭来之时，你们是如何严阵以待，殊死相搏……

我要看看，在你们的战友牺牲之后，你们是如何痛苦地徘徊盘旋，如何伤心地呜咽悲泣。也许，你们会允许我和你们一起，围着那至死仍作展翅高飞状的死者，洒下一行崇敬的眼泪……

四

猛烈凶暴的飓风和雷电，曾经使你们的伙伴全军覆灭。——在进行了悲壮的搏斗后，天空里一时消失了你们的队列，消失了你们的歌声；广阔无垠的原野上，撒满了你们的羽毛；奔腾起伏的江河里，漂浮着你们的躯体……

我知道你们曾悲哀，你们曾流泪，然而你们会后悔么？你们会因此而取消来年的旅程，因此而中断你们的追求么？

不会的！不会的！

当春风再度吹绿江南柳丝的时候，你们威严的阵容，便又会出现在辽阔的大幕上，向北，向北……

当秋风再度熏红塞外柿林的时候，你们欢乐的歌声，便又会飘漾在湛蓝的晴空里，向南，向南……

你们怎么会后悔呢！你们的追求，千年万载地延续着，从未有过中断！

我想象着刚刚啄破蛋壳的雏雁，当你们大张着小嘴嗷嗷待哺的时候，也许就开始聆听父母叙述那遥远的思念，解释那永无休止的迁徙的意义了。而当你们第一次展开腾飞的翅膀，父母们便要带着你们去长途跋涉……

我想象着你们耗尽了精力的老雁，当秋风最后一次抚摸你们衰弱的翅膀，当大地最后一次向你们展示亲切的面容，当后辈们诀别你们列队重上征程，你们大概会平静地贴紧着泥土，安心地闭上眼睛的——你们是在追求中走完了生命之路呵！

大雁，渺小而又不凡的候鸟家族呵，请接受我的敬意！

五

雁阵又出现在湛蓝的晴空里。

我站在地上，离你们那么遥远，然而我觉得离你们很近。我的思绪，常常会跟着你们远走高飞……真的，我真想像你们一样，为了心中的信念，毕生飞翔，毕生拼搏。

炊 烟

在人迹罕至的深山密林里，假如看见一缕炊烟……

在饥肠辘辘的旅途中，假如看见一缕炊烟……

也许不会有什么比它更亲切了。那是一种动人的招手，是一种充满魅力的微笑，是一个似曾相识的陌生人，友好地向你挥动着一方柔情的白手绢……

掸落飘在肩头的枯叶，擦了擦额头的汗珠，我终于看见了远方山坳里的炊烟，它优美地飘动着，无声无息地向我透露着一个质朴的希望。心中的惶乱被它轻轻地抚平了——在深山里走了大半天，饥饿、疲乏、山重水复的怅惘，曾经使我的脚微微地颤抖，步伐也失去了沉稳的节奏……

我急匆匆地走向山坳，走向炊烟。我想象着炊烟下可能出现的情景：大蘑菇似的小木屋，屋里，许是一个白胡子的看林老人，许是一个山泉般水灵的小姑娘，都带着一些童话的色彩……

果然看见两间小木屋了，只是普普通通，不像大蘑菇。木屋里走出一个胖胖的中年妇女，黑红的脸颊上，洋溢着只有山里人才有的那种健康的光彩。"客人来啦，快进屋里歇吧！"没等我开口，她就笑声朗朗地叫起来。一个矮小的男人应声走出来，这自然是她的丈夫了，他只是微笑着点头，似乎有些腼腆。

"能不能……麻烦买一点吃的？"早已过了吃午饭的时间，我不好意思地问。

"那还要问，坐下，先喝碗茶！"她把我按在一把竹椅上，转身从灶台的铁锅里舀给我一碗热气腾腾的开水，又悄声叮嘱了丈夫几句，那男人一声不吭地走出门去了。

灶台有点脏，她也许怕我看了不好受，找来一块抹布仔细擦了一擦。"山里人邋遢，将就一下啦！"她一边笑着，一边又从水缸里舀水洗那口空着的铁锅，一连洗了三遍。

不一会儿，那男人拎着满满一篮红薯和芋头回来了，并且已经在山溪中洗得干干净净。她把红薯和芋头倒进锅里，坐到灶背后烧起火来，他不知又到哪里去了。

小木屋里静下来，只有门外的哗啦哗啦的林涛和灶膛里毕剥毕剥的柴火，一起一落地在耳畔响着，协奏出一首奇妙的曲子。我喝着茶，打量着小木屋里的一切：简朴而结实的桌、椅、橱；门背后各种各样的农具；一架亮晶晶的半导体收音机，挂在一张毛茸茸的兽皮边上……这山里的农户，真有点世外桃源的味儿了。

炊
烟

红薯和芋头馋人的香味在小木屋里飘溢起来。"吃吧，爱吃多少就吃多少，只是别嫌粗糙啦。"她把一大盆冒着热气的红薯、芋头放到我面前。

哦，红薯和芋头，竟是那么香、那么甜，不仅抚慰了我的饥肠，也驱除了我的疲乏。这是我一生中最美的午餐之一！

她坐在一边，快活地笑着看我狼吞虎咽，手中，不停地打着一件鲜红的毛衣，毛衣不大，像是孩子穿的。

"你有几个孩子？"

"有两个女儿，到山外读书去了，一个上小学，一个念中学，都寄宿在学校里。我想让她们将来都上大学呢！现在山里人富了，什么也不愁，就指望孩子们有出息。"她笑着回答，语气是颇为自豪的。这小木屋里，也有着和山外世界同样的憧憬和向往……

吃饱了，歇够了，该继续赶路了。我掏出一些钱给她。

"钱？"她又笑了，"这儿不是商店，快放回你的口袋里吧。如果不忘记山里的人，以后再来！"我的脸红了，也不知是为了什么，也许是为了这城里人的习惯……

起身走时，我发现背包变得沉甸甸的，打开一看，竟塞满了黄澄澄的橘子！是他，原来刚才去了橘林。"都是自家种的，带着路上解解渴。"他在一边腼腆地笑着，声音很轻，却诚恳。

我走了。她和他并肩站在门口，不停地向我挥手。

"再来呵！"他们的声音在山坳里回荡……

走远了，小木屋消失在绿色的林涛之中，只有那一缕炊烟，依然优美地在天上飘……再来，也许永远没有机会了，然而我再也不会忘记武夷山中的这一缕炊烟。炊烟下，并没有什么惊心动魄的传奇故事，却有真诚，有纯朴，有人间最香甜的美餐……

诗 魂

又是萧瑟秋风，又是满地黄叶。这条静悄悄的林荫路，依然使人想起幽谧的梦境……

到三角街心花园了。一片空旷，没有你的身影。听人说，你已经回来了，怎么看不见呢？……

> 从幼年起，诗魂就在胸中燃烧
> 我们都体验过那美妙的激动……

已经非常遥远了。母亲携着我经过这条林荫路，走进三角街心花园。抬起头，就看见了你。你默默地站在绿荫深处，深邃的眼睛凝视着远方，正在沉思……

"这是谁？这个鬈头发的外国人？"

"普希金，一个诗人。"

"外国人为什么站在这里呢？"

"哦……"母亲笑了。她看着你沉思的脸，轻轻地对我说："等你长大了，等你读了他的诗，你就会认识他的。"

我不久就认识了你。谢谢你，谢谢你的那些美丽而又真诚的诗，它们不仅使我认识你，尊敬你，而且使我深深地爱上了你，使我经常悄悄地来到你的身边……

你的身边永远是那么宁静。坐在光滑的石头台阶上，翻开你的诗集，耳畔就仿佛响起了你的声音。你在吟你的诗篇，声音像山谷里流淌的清泉，清亮而又幽远，又像飘忽在夜空中的小提琴，优雅的旋律里不时闪出金属的音响……

你还记得那一位白发老人吗？他常常拄着拐杖，缓缓地蹚过林荫路，走到你的跟前，一站就是半个小时。你还记得么？看着他那瘦削的身材，清癯的面容，看着那一头雪白的头发，我总是在心里暗暗猜度：莫非，这也是一位诗人？为了证实自己的想法，我用少年人的直率，作了一次试探。

那天正读着你的《三股泉水》。你的"卡斯达里的泉水"使我困惑，这是什么样的泉水呢？正好那老人走到了我身边。

"老爷爷，你能告诉我，什么是'卡斯达里的泉水'吗？"

老人看看我，又看看我手中的诗集，然后微笑着抬起头，指了指站在绿荫里的你，说："你应该问普希金，他才能回答你。"

我有点沮丧。老人却在我身边坐下来了。那根深褐色的山藤拐杖，轻轻在地面上点着。他的话，竟像诗一样，合着拐杖敲出的节奏，在我耳边响起来："卡斯达里的泉水不在书本里，而在生活里。假如你热爱生活，假如你真有一颗诗人的心，将来，它也许会涌到你心里的。"

"你也是诗人吧？"

"不，我只是喜欢诗，喜欢普希金。"

像往常一样，随着悠然远去的拐杖叩地声，他瘦削的身影消失在浓浓的林荫之中……

以前的那种陌生感，从此荡然无存了，老人和我成了忘年之交。

尽管不说话，见面点头一笑，所有一切似乎都包含其中了。是的，诗能沟通心灵。我想，世界上一定还有许许多多陌路相逢的人，因为你的诗，成了好朋友。

而你，只是静静地在绿荫里伫立着，仿佛思索、观察着这世间的一切……

> 在天空中，欢快的早霞
> 遇到了凄凉的月亮……

梦里也仿佛听到一声巨响，是什么东西倒塌了？有人告诉我，你已经离开三角街心花园，再也不会回来了……

我奔跑着穿过黄叶飘零的林荫路，冲进了街心花园。

我永远也忘不了那触目惊心的一幕：你真的消失了！花园里空空如也，只有一座破裂的岩石底座，在枯叶和碎石的包围中，孤岛似的兀立着……

哦，我恍惚走进了一个刑场——这里，刚刚发生过一场可耻的谋杀。诗人呵，你是怎样倒下的呢？

我仿佛见到，几根无情的麻绳，套住了你的颈脖，裹住了你的胸膛，在一阵闹哄哄的喊叫中，拉着，拉着……

我仿佛看到，无数粗暴的钢镐铁锹，在你脚下叮叮当当地挥动着，狂舞着……

你倒下了，依然默默无声地沉思着……

你被拖走了，依然微昂着头遥望远方……

我呆呆地站在秋意萧瑟的街心花园里，像一尊僵硬的塑像。蓦地，我的心颤抖了——远处，依稀响起了那熟悉的拐棍叩地声，只是节奏变得更缓慢，更沉重，那一头白发，像一片孤零零的雪花，在秋风中缓缓飘近，飘近……

　　是他，是那个老人。我们面对面，默默地站定了，盯着那个空荡荡的破裂的底座，谁也不说话。他好像苍老了许多，额头和眼角的皱纹更深更密了。说什么呢，除了震惊，除了悲哀，只有火辣辣的羞耻。说什么呢……

　　他仿佛不认识我了，陌生人般地凝视着我，目光由漠然而激奋、而愤怒，湿润的眼睛里跳跃着晶莹的火。好像这一切都是我干的，都是我的罪过。哦，是的，是一群年龄和我相仿的年轻人，呼啸着冲到你的身边……

　　咚！咚！那根山藤老拐杖，重重地在地上叩击了两下，像两声闷雷，震撼着我的心。满地枯叶被秋风卷起来，沙沙一片，仿佛这雷声的袅袅余响……

　　没有留下一句话，他转身走了。那瘦削的身影佝偻着，在落叶秋风中踽踽而去……

　　只有我，只有那个破裂的底座，只有满园秋风，遍地黄叶……

　　你呢，你在何方？

　　　　然而，等有一天，
　　　　如果你忧悒而孤独，
　　　　请念着我的姓名……

　　我再也不走那条林荫路，再也不去那个街心花园，我怕再到那里去。你知道么，我曾经沮丧，曾经心灰意懒，以为一切都已黯淡，一切都已失去，一切儿时的憧憬都是错误的梦幻。没有什么"卡斯达里的泉水"，即使有，也不属于我们这块土地上的这辈人，不属于我……

　　可是，有一天，我终于忍不住又翻开了你的诗集。哦，你却依然故我，没有任何变化，还是流泉一般清亮而又幽远，还是那么真诚。你那带着金属声的诗篇，优美而又铿锵地在我耳畔响起来：

> 不，我不会完全死去——在庄严的琴弦上
> 我的灵魂将越出腐朽的骨灰永生……
> 不必怕凌辱，也不要希求桂冠的报偿，
> 无论赞美或诽谤，都可以同样漠视，
> 和愚蠢的人们又何必较量。

倘若再见到那位白发老人，我会大声地向他宣读你这些诗篇的！然而我很难有机会再见到他了，命运之弓把我弹得很远很远。当我离开这座城市的时候，我没能到这条林荫路来，没能到这个街心花园来，像一片离开枝头的落叶，我被狂风卷走了……

当绿色的原野画卷一般在我眼前展开，当坎坷的田埂蛛网一般在我脚下蜿蜒，当飘忽的油灯用可怜的微光照耀着我的茅屋，当寂寥的晨星如期闪烁在我的小窗……你，便似乎在我的身边出现了。然而已经不是在街心花园里站着沉默的那个你，而是一个活生生的你，一个又潇洒又热情的你，一个又奔放又深沉的你。田野的风清新地吹着，你肩上那件斗篷在风中飘扬，像一叶远帆……

一天流汗之后，散了架似的身体躺在床上，你在油灯的微光下轻轻地为我吟哦：

> 春夜，在园林的寂静和幽暗里，
> 一只东方的夜莺歌唱在玫瑰丛中……

你为我铺展开一个灿烂的世界，使我在艰苦的跋涉中始终感受到生活的暖风。当我消沉悲观的时候，你总是优美地用你那金属之声，一遍又一遍向我呼吁着：心儿永远憧憬着未来！相信吧，快乐

的日子就会来临……

有时，你笑着召唤我：年轻的朋友，让我们坐着轻快的雪橇，滑过清晨的雪……我把一切烦恼和忧郁都抛在脑后，兴致勃勃地在田野里奔跑着，在山林里徜徉着，在人群中寻觅着……

我真的写起诗来了。我在诗中倾吐我的欢乐、我的苦恼。我追求着……诗，使我的精神和情感变得丰富而又充实。在缤纷的梦境里，我常常踏上久别的林荫路，新生的绿荫轻轻地摇曳着，把我迎进那个三角街心花园。你仿佛从来不曾走开过，依然静静地在那里伫立，沉思着遥望远方，似在等待，似在盼望……

土地复苏了，时令已经不同，
你看那微风，轻轻舞弄着树梢……

现在，我回来了。怀揣着我的第一本诗集，我忐忑不安地看你来了。然而你没有回来，三角街心花园里，依旧人迹杳然。在你曾经站过的地方，我久久地站着，纷纷扬扬的落叶，轻轻地抚摸着我的肩膀……

一位年轻的母亲，携着她的七八岁的女儿，从林荫路走进了街心花园，仿佛来寻找什么。前不久，有消息说你将重返这里，人们大概都知道了吧。母女俩说话了，声音很轻，却异常好听：

"妈妈，就是这里吗？就是爷爷以前常来的地方吗？"

"是的。这里以前有一座铜像。"

"什么铜像？"

"普希金。"

"普希金是谁呢？"

"一个诗人。以后你会认识他的。"

……

听着，听着，我的眼睛湿润了。呵，孩子的爷爷——会不会是我从前在这里遇到的那位老人呢？也许是，也许不是。他曾经向他的后辈谈着你，不管这世间对你如何冷落。在这一对母女的对话里，我，想起了童年，想起了儿时在这里见到的一切。童年呵……

哦，一切，一切，都将重新开始……

诗
魂

顶碗少年

　　有些偶然遇到的小事情，竟会难以忘怀，并且时时萦绕于心。因为，你也许能从中不断地得到启示，从中悟出一些人生的哲理。

　　这是二十多年前的事情了。有一次，我在上海大世界的露天剧场里看杂技表演，节目很精彩，场内座无虚席。坐在前几排的，全是来自异国的旅游者，优美的东方杂技，使他们入迷了。他们和中国观众一起，为每一个节目喝彩鼓掌。一位英俊的少年出场了。在轻松优雅的乐曲声里，只见他头上顶着高高的一叠金边红花白瓷碗，柔软而又自然地舒展着肢体，做出各种各样令人惊羡的动作，忽而卧倒，忽而跃起……碗，在他的头顶摇摇晃晃，却总是不掉下来。最后，是一组难度较大的动作——他骑在另一位演员身上，两个人一会儿站起，一会儿躺下，一会儿用各种姿态转动着身躯。站在别人晃动着的身体上，很难再保持平衡，他头顶上的碗，摇晃得厉害起来。在一个大幅度转身的刹那间，那一大叠碗突然从他头上掉了下来！这意想不到的失误，使所有的观众都惊呆了。有些青年大声吹起了口哨……

　　台上，却并没有慌乱。顶碗的少年歉疚地微笑着，不失风度地向观众鞠了一躬。一位姑娘走出来，扫起了地上的碎瓷片，然后又捧出一大叠碗，还是金边红花白瓷碗，12只，一只不少。于是，音乐又响起来，碗又高高地顶到了少年头上，一切都要重新开始。少年很沉着，不慌不忙地重复着刚才的动作，依然是那么轻松优美，紧张不安的观众终于又陶醉在他的表演之中。到最后关头了，又是两个人叠在一起，又是一个接一个艰难的转身，碗，又在他头顶厉害地摇晃起来。观众们屏住气，目不转睛地盯着他头上的碗……眼看身体已经转过来了，几个性急的外国观众忍不住拍响了巴掌。那一叠碗却仿佛故意捣蛋，突然跳起摇摆舞来。少年急忙摆动脑袋保持平衡，可是来不及了。碗，又掉了下来……

场子里一片喧哗。台上，顶碗少年呆呆地站着，脸上全是汗珠，他有些不知所措了。还是那一位姑娘，走出来扫去了地上的碎瓷片。观众中有人在大声地喊："行了，不要再来了，演下一个节目吧！"好多人附和着喊起来。一位矮小结实的白发老者从后台走到灯光下，他的手里，依然是一叠金边红花白瓷碗！他走到少年面前，脸上微笑着，并无责怪的神色。他把手中的碗交给少年，然后抚摩着少年的肩胛，轻轻摇撼了一下，嘴里低声说了一句什么。少年镇静下来，手捧着新碗，又深深地向观众们鞠了一躬。

音乐第三次奏响了！场子里静得没有一丝儿声息。有一些女观众，索性用手掌捂住了眼睛……

这真是一场惊心动魄的拼搏！当那叠碗又剧烈地晃动起来时，少年轻轻抖了一下脑袋，终于把碗稳住了。掌声，不约而同地从每个座位上爆发出来，汇成了一片暴风雨般的雷声。

在以后的岁月里，不知怎的，我常常会想起这位顶碗少年，想起他那一夜的演出；而且每每想起，总会有一阵微微的激动。这位顶碗少年，当时年龄和我相仿。我想，他现在一定早已是一位成熟的杂技艺术家了。我相信他不会在艰难曲折的人生和艺术之路上退却或者颓丧的。他是一个强者。当我迷惘、消沉，觉得前途渺茫的时候，那一叠金边红花白瓷碗坠地时的碎裂声，便会突然在我耳畔响起。

是的，人生是一场搏斗。敢于拼搏的人，才可能是命运的主人。在山穷水尽的绝境里，再搏一下，也许就能看到柳暗花明；在冰天雪地的严寒中，再搏一下，一定会迎来温暖的春风——这就是那位顶碗少年给我的启迪。

三峡船夫曲

谁也无法用一句话概括三峡水流的特点。浩浩荡荡的长江挤进窄窄的夔门之后，脾气便变得暴躁、凶险、喜怒无常、不可捉摸了。你看那浑浊湍急的流水，时而惊涛迭起，时而浪花飞卷，时而一泻千里如狂奔的野马群，时而又在峡壁和礁石间急速地迂回，发出声震峡谷的呐喊。有时候，水面突然消失了波浪，像绷得紧紧的鼓皮，然而这绝不是平静的象征，在这层鼓皮之下，潜伏着危险的暗礁和急流。而最多、最可怕的，是漩涡，像无数大大小小的眼睛，在起伏的江面滴溜溜地打转，到处都闪烁着它们那险恶的不怀好意的目光……

你想想那些三峡船夫吧，驾着一叶扁舟，靠手中的竹篙、木桨，要征服狂暴不羁的江水，那该是何等惊心动魄的景象。其惊险的程度，绝不亚于在黄河上驾羊皮筏子，不亚于在大渡河的急流中放木排。

第一次见到三峡中的船夫是在水流湍急的西陵峡，那是一条摆渡船，尽管距离很远，看不真切，但那拼命搏斗的紧张气氛，还是强烈地震撼了我的心。小船横在江中，看上去那么小，小得就像一片枯叶、一根稻草，似乎每一个浪头都能吞没它。船上一前一后两个船工，每人操一支桨，一个在右，一个在左，拼命地划着。只见他们身体前倾，像两把坚韧的强弓，两支桨齐刷刷地落下去，飞起来，落下去，飞起来，仿佛一对有力的翅膀，不断地拍打着波涛滚滚的江面。在气势磅礴的峡江中，他们的翅膀是太微不足道了，随时都有折断的可能，他们能飞过去吗？然而我的担心多余了，没等我们的轮船靠近，小木船已经到了对岸……

在巫峡，遇到一只顺流而下的小划子，那情景更是惊心动魄。小划子远远出现了，像一只小小的黑甲虫，急匆匆地、慌里慌张地贴着江面爬过来——说它急匆匆，是因为它速度极快；说它慌里慌张，是因为它走得毫无规律，一忽儿左，一忽儿右，常常莫名其妙地拐弯绕圈子。很快就看清楚了，小划子上头，稳稳地站着一位手持长篙的船夫，船中端坐着六位乘客，船尾还有一位船夫，一手扶一把既像橹又像舵的尾桨，一手掌一支木桨。小划子在急流和波谷浪山中灵巧地滑行，时而从浪的缝隙中穿过，时而又攀上高高的潮头。真是冒险呵，这单薄的可怜的小划子，在急流中箭一般冲下来，根本无法停住，随时都可能撞碎在峡壁礁滩上，随时都可能卷入连接不断的漩涡中，随时都可能被大山一般的浪峰一口吞没，被巨剑一般的急流拦腰砍断……船夫却镇静得如履平地。那位在船头手持长篙的船夫纹丝不动地站着，像跃马横枪，率领着万千兵马冲锋陷阵的大将军，又像剽悍勇猛的牧人，扬鞭策马，驱赶着一大群狂奔狂啸的黄色野马。野马群发狂般地撞他、挤他、踢他、咬他，想把他从坐骑上拉下来，然而终于无法得逞。有时候，飞速前进的小划子眼看要撞到凸出的峡岩上，只见他挥舞竹篙奋力一点，小划子便轻轻一转，转危为安。船尾那位船夫要忙一些，他不时划动双桨，巧妙地改换着前进的方向，在变化无穷的急流中觅得一条安全的航线。而那六位舱中的乘客，一个个正襟危坐，一动不敢动。我看不清他们的表情，但我能想见他们脸上惊慌的神色。在航行中，他们是不许有任何动作的，任何微小的颠动，都可能使小划子因为失去平衡而翻覆。如果遇到不安分的乘客在舱里乱动，船夫的竹篙会狠狠地当头打来，打得头破血流也是活该。倘若你不服，继续捣乱，船夫就要大喝一声，毫不留情地用竹篙把你戳下水去，这是捏着性命在凶恶的急流中搏斗呵！

小划子在轰隆隆的水声中一晃而过，很快就消失在峡谷的拐弯处。我凝视着起伏不平的江面，一遍又一遍回想着船夫在万般艰险中镇定自若的姿态，心里怎么也平静不下来。无数漩涡，在小划子经过的航道上打着转转，这些永远不会安然闭上的不怀好意的眼睛，似乎正在狡猾地眨动着，还在用谁也无法听懂的语言描绘着水底下的秘密。哦，只有三峡船夫懂得这些语言！我知道，在三峡中行船，除了勇敢，除了沉着，最关键的，还是对航道和水流的熟悉。据说，在三峡驾驭小划子的船夫，对水底的每一块礁石，每一片浅滩，都了如指掌。为了摸清水底的状况，为了在极其复杂的急流中寻到一条能被小木船通过的安全之路，一定有不计其数的船夫付出了生命的代价！

西陵峡有一块巨大的礁石，兀立在滚滚急流中，奔泻的潮水整天凶狠地拍打着它，飞溅起漫天雪浪，小船如果撞上去，非粉身碎骨不可。这礁石有一个奇怪的名字："对我来"。当浪花散开，人们就会看到"对我来"三个大字，惊心触目地刻在这块礁石上。这礁石周围的水流险恶而奇特，小船从它身旁经过时，倘若想绕开它，结果总是适得其反，船儿会不可阻挡地向礁石一头撞去，撞得船碎人亡。如果顺急流迎面向礁石冲去，不要躲避它，不要害怕它，船到礁石前，却能顺利地拐个弯从旁边擦去。不过，这千钧一发的险象，懦夫是绝对不敢经历的，只有三峡船夫们，才敢驾着轻舟勇敢地向扑面而来的浪中礁石冲去。"对我来"这三个字，一定是无数船夫用生命换来的经验。也许，可以这样说，小木船在三峡急流中那些曲折而又惊险的航道，是船夫们用智慧、用勇气、用尸骨一米米开拓出来的！

对三峡船夫来说，最为可怕的，大概莫过于暴风雨和洪峰了。突然袭来的暴风雨，能把江面搅得天翻地覆，在被暴风雨鞭打着的惊涛骇浪之中，小舟子是很难掌握自己的命运的，如果来不及靠岸躲避，便有可能在暴风雨中葬身江底。假如遇上洪峰，那几乎是无法逃脱的，几丈高的洪峰，像一堵巍巍高墙从上游呼啸着压下来，没有任何东西能够抗拒它、阻挡它，它是船夫们的冷酷无情的死神。然而，奇迹并不是没有发生过，曾经有一些技术高超、勇气过人的船夫，在洪峰扑近的刹那间，驾着小舟瞅准浪的缝隙飞上高高的洪峰之巅，硬是从死神的头顶越了过去……当然，这些都是旧话了，随着科学技术的发展，天气预报和水情预报越来越准确，三峡船夫们再不会去冒这种风险了。

船近神女峰时，所有人都仰头看那位在云里雾里默默地站了千年万年的神女，然而山顶上云飞雾绕，什么也看不清。正在遗憾的时候，突然有人对着前方的江面大叫起来：

"看！小船！女的！"

神女峰下，一只两头尖尖的小划子正在急流中过江，划船的是一位身穿粉红色衬衫的少女，只见她右手划桨，左手掌舵，不慌不忙地向对岸划着，那悠然而又优美的姿态，使所有目击者都惊呆了——这也是三峡船夫么？这也是在险恶的峡江中拼命搏斗的勇士么？然而怀疑是可笑的，小划子在神女峰对面的一片石滩上靠岸了，划船的少女站在一块白色的石岩上，有力地向我们的轮船挥了挥手……

挥一挥手，挥一挥手，向勇敢的三峡船夫挥一挥手吧，但愿他们能在我的挥手之中感受到我的钦佩和敬意。是的，我从心底里深深地向三峡的船夫们致敬，他们，不仅征服了狂放不羁的长江三峡，而且把人类和大自然那种惊心动魄的搏斗，化成了优美的诗篇。他们是真正的诗人。

蝈 蝈

窗台上挂起一只拳头大小的竹笼子。一只翠绿色的蝈蝈在笼子里不安地爬动着，两根又细又长的触须不时从竹笼的小圆孔里伸出来，可怜巴巴地摇晃几下，仿佛在呼唤、祈求着什么。

"怪了，它怎么不肯叫呢？买的时候还叫得起劲。真怪了……"一位白发老人凑近蝈蝈笼子看了半天，嘴里在自言自语。

老人的孙子和孙女，两个不满八岁的孩子，也趴在窗台上看新鲜。

"它不肯叫，准是怕生。"小女孩说。

"把它关在笼子里，它生气呢！"

小男孩说着，伸出小手去摘蝈蝈笼子。

"小囡家，别瞎说！"老人把笼子挂到小孙子摘不到的地方，然后又说："别着急，它一定会叫的！"

整整一天，蝈蝈无声无息。两个孩子也差点儿把它忘了。

第二天，老人从菜篮里拿出一只鲜红的尖头红辣椒，撕成细丝塞进小竹笼里，"吃了辣椒，它就会叫的。"他很自信。两个孩子又来了兴趣，趴在窗台上看蝈蝈怎样慢慢把一丝丝红辣椒吃进肚子里去。

整个白天，蝈蝈还是没有吱声，只是不再在小笼子里爬上爬下。夜深人静的时候，蝈蝈突然叫起来，那叫声又清脆又响亮，把屋里所有的人都叫醒了。

"听见么，它叫了，多好听！"老人很有点得意。

两个孩子睡眼蒙眬，可还是高兴得手舞足蹈，把床板蹬得咚咚直响。

蝈蝈一叫就再也没有停下来，从早到晚，不知疲倦地叫，叫……它不停地用那清脆洪亮的声音向这一家人宣告它的存在，很快，他们就习以为常了。蝈蝈的叫声仿佛成了这个家庭的一部分。

蝈蝈的叫声毕竟太响了一点。在一个闷热得难以入睡的夜晚，屋子里终于发出了怨言：

"烦死了，真拿它没办法！"说话的是孩子的父亲。

"爸爸，蝈蝈为什么不停地叫呢？"

男孩问了一句，可大人们谁也不回答。于是两个孩子自问自答了。

"它大概也热得睡不着，所以叫。"

"不！它是在哭呢！关在笼子里多难受，它在哭呢！"

大人们静静地听着两个孩子的议论，只有白发老人，用只有自己能听见的声音叹息了一声……

早晨醒来时，听不见蝈蝈的叫声了。两个孩子趴在窗台上一看，小笼子还挂在那儿，可里面的蝈蝈不见了。小笼子上有一个整齐的口子，像是用剪刀剪的。

"它咬破了笼子，逃走了。"老人看着窗外，自言自语地说。

蝈
蝈

假如你想做一株腊梅

果然，你喜欢那几株腊梅了，我的来自南方的朋友。

你的钦羡的目光久久停留在我的书桌上，停留在那几株刚刚开始吐苞的腊梅上。你在惊异：那些看上去瘦削干枯的枝头，何以竟结满密匝匝的花骨朵儿？那些看上去透明的、娇弱无力的淡黄色小花，何以竟吐出如此高雅的清香？那清香不是静止的，它无声无息地在飞，在飘，在流动，像是有一位神奇的诗人，正幽幽地吟哦着一首无形无韵然而无比优美的诗。腊梅的清香弥漫在屋子里，使我小小的天地充满了春的气息，尽管窗外还是寒风呼啸，滴水成冰。我们都深深地陶醉在腊梅的风韵和幽香之中。

你久久凝视着腊梅，突然扑哧一声笑起来。

"假如下一辈子要变成一种植物的话，我想做一株腊梅。你呢？"

你说着笑着就走了，却留给我一阵好想。假如，你真的变成一株腊梅，那会怎么样呢？我默默地凝视着书桌上那几株腊梅，它们仿佛也在默默地看我。如果那流动的清香是它们的语言的话，那它们也许是在回答我了。

好，让我试着来翻译它们的语言，你听着——

假如你想做一株腊梅，假如你乐意成为我们家族中的一员，那么你必须坚忍，必须顽强，必须敢于用赤裸裸的躯体去抗衡暴风雪。你能么？

当北风在空旷寂寥的大地上呼啸肆虐，冰雪冷酷无情地封冻了一切扎根于泥土的植物，当无数生命用消极的冬眠躲避严寒的时候，你却应该清醒着，应该毫无畏惧地伸展出光秃秃的枝干，并且要把毕生的心血都凝聚在这些光秃秃的枝干上，凝结成无数个小小的蓓蕾，一任寒风把它们摇撼，一任严霜把它们包裹，一任飞雪把它们覆盖……没有一星半瓣绿叶为你遮挡风寒！你能忍受这种煎熬么？也许，任何欢乐和美都源自痛苦，都经历了殊死的拼搏，但是世人未必都懂得这个道理。

假如你想做一株腊梅，你必须具备牺牲精神，必须毫无怨言地奉献出你的心血和生命的结晶。你能吗？

当你历尽千辛万苦，终于迎着风雪开放出你的小小的花朵，你一定无比珍惜这些美丽的生命之花。然而灾祸常常因此而来。为了在万物肃杀时你的一枝独秀的花朵，为了你的预报春天信息的清香，人们的刀斧和钢剪将会无情地落到你的身上。你能承受这种牺牲么？也许，当你带着刀剪的创痕进入人类的厅堂，在一只雪白的瓷瓶或者一只透明的玻璃瓶里默默完成你生命的最后乐章时，你会生出无穷的哀怨，尽管有许多人微笑着欣赏你，发出一声又一声由衷的赞叹。如果人们告诉你，奉献和给予是一种莫大的幸福，你是不是同意呢？

假如你想做一株腊梅，你必须忍受寂寞，必须习惯于长久地被人们淡忘冷落。你能么？

请记住，在你的一生中，只有结蕾开花的那些日子你才被世界注目。即便是花儿盛开之时，你也是孤零零的，没有别的什么花卉愿意和你一起开放，甚至没有一簇绿叶陪伴你。"好花须得绿叶

假如你想做一株腊梅

045

扶"，这样的格言与你毫不相干。当冰雪消融，当温暖的春风吹绿了世界，当万紫千红的花朵被水灵灵的绿叶扶衬着竞相开放，你的花儿早已谢落殆尽。这时候，人们便忘记了你。春之圆舞曲是不会为你奏响的。

假如你问我：那么，你们何必要开花呢？

我要这样回答你：我们开花，绝不是为了炫耀，也不是为了献媚，只是为了向世界展现我们的风骨和气节，展现我们对生命意义的理解。当然，我们的傲骨里也蕴藏着温柔的谦逊，我们的沉默中也饱含着浓烈的热情。这一切，人们未必理解。你呢？

我把做一株腊梅的幸与不幸、欢乐与痛苦都告诉你了。现在，请你告诉我，你，还想不想做一株腊梅。

哦，我的南方的朋友，我把腊梅向我透露的一切，都写在这里了。当你在和煦的暖风里读着它们，不知道你还会不会以留恋的心情，想起我书桌上那几株腊梅。此刻，北风正在敲打着我的窗户，而我的那几株腊梅，依然在那里默默地绽蕾，默默地吐着清幽的芬芳……

学 步

儿子，你居然会走路了！

我和你母亲永远也不会忘记这一天。在这之前，你还整日躺在摇篮里，只会挥舞小手，将明亮的大眼睛转来转去，有时偶尔能扶着床沿站立起来，但时间极短，你的腿脚还没有劲儿，无法支撑你的小小的身躯。这天，你被几把椅子包围着，坐在沙发前摆弄积木。我们只离开你几分钟，到厨房里拿东西，你母亲回头望房里时，突然惊喜地大叫："啊呀，小凡走路了！"我回头一看，也大吃一惊：你竟然站起来推开包围着你的椅子，然后不依靠任何东西，自己走到了门口！我们看到你时，你正站在房门口，脸上是又兴奋又紧张的表情，看见我们注意你时，你咧开嘴笑了，你似乎也为自己能走路而感到惊奇呢。

从沙发到房门口不过四五步路，这几步路对你可是意义不凡，这是你人生旅途上最初的几步独立行走的路。我们都没有看见你如何摇摇晃晃走过来，但你的的确确是靠自己走过来了。当你母亲冲过去一把将你抱起来时，你却挣扎着拼命要下地。你已经尝到了走路的滋味，这滋味此刻胜过你世界里已知的一切。靠自己的两条腿，就能找到爸爸妈妈，就能到达你想到达的地方，那是多么奇妙多么好的事情！

你的生活从此有了全新的内容和意义。只要有机会，你就要甩开我的手摇摇晃晃走你自己的路。你在床上走，在屋里走，在马路上走，在草地上走；你走着去寻找玩具，走着去阳台上欣赏街景，走着去追赶比你大的孩子们……

儿子，你从来不会想到，在你学步的路上，处处潜伏着危险呢。在屋里，桌角、椅背、床架、门，都可能成为凶器将你碰痛。当你跟跟跄跄在房间里东探西寻时，不是撞到桌角上，就是碰翻椅子砸痛脚，真是防不胜防。已经数不清你曾经多少次摔倒，数不清你的头上曾被撞出多少个乌青和肿块，每次你都哭叫两声，然后脸上挂着泪珠爬起来继续走你的路。摔跤摔不冷你渴望学步的热情。在室外，你更是跃跃欲试，两条小腿像一对小鼓槌，毫无节奏地擂着各种各样的地面。你似乎对平坦的路不感兴趣，哪里高低不平，哪里杂草丛生，哪里有水洼泥泞，你就爱往哪里走，只要不摔倒，你总是乐此不疲。这是不是人类的天性？在你未来的人生旅途上，必然会遇到无数曲折坎坷和泥泞，儿子啊，但愿你不要失去了刚刚开始学步的那份勇气。

起初，你摔倒的时候，总是趴在地上瞪大眼睛望我们，见我们不来抱你，你觉得有点委屈。但你很快就习惯了，并且学会了一骨碌爬起来，再不把摔跤当一回事。那次你沿着路边的一个花坛奔跑，脚下被一块大石头绊了一下，我们在你身后眼看着你一头撞到花坛边的铁栏杆上，心如刀戳，却无法救你，铁栏杆犹如一柄柄出鞘的剑指着天空！你趴在地上，沉默了片刻，才放声哭起来。我奔过去把你抱在怀中，不忍看你额头的伤口，我担心你的眼睛！好险啊，铁栏杆撞在你额头正中，戳出一道又长又深的口子，血沿着你的脸颊往下流……

你的额头留下了难以消退的疤痕，这是你学步的代价和纪念。

儿子，你的旅途还只是刚刚开始，你前面的路很长很长，有些地方也许还没有路，有些地方虽有路却未必能通向远方。生命的过程，大概就是学步和寻路的过程。儿子啊，你要勇敢地走，脚踏实地地走。

学

步

童年笨事

如果回想一下，每个人儿时都会做一些笨事，这并不奇怪，因为儿时幼稚，常常把幻想当成真实。做笨事并不一定是笨人，聪明人和笨人的区别在于：聪明人做了笨事之后会改，并且从中悟出一些道理，而笨人则屡错屡做，永远笨头笨脑地错下去。

我小时候笨事也做得不少，现在想起来还会忍不住发笑。

追"屁"

五六岁的时候，我有个奇怪的嗜好：喜欢闻汽油的气味。我认为世界上最好闻的味道就是汽油味，比那种绿颜色的明星牌花露水味道要美妙得多。而汽油味中，我最喜欢闻汽车排出的废气。于是跟大人走在马路上，我总是拼命用鼻子吸气，有汽车开过，鼻子里那种感觉真是妙不可言。有一次跟哥哥出去，他发现我不停地用鼻子吸气，便问："你在做什么？"我回答："我在追汽车放出来的气。"哥哥大笑道："这是汽车在放屁呀，你追屁干吗？"哥哥和我一起在马路边前俯后仰地大笑了好一阵。

笑归笑，可我的怪嗜好依旧未变，还是爱闻汽车排出来的气。因为做这件事很方便，走在马路上，你只要用鼻子使劲吸气便可以。后来我觉得空气中那汽油味太淡，而且稍纵即逝，闻起来总不过瘾，于是总想什么时候过瘾一下。终于想出办法来。一次，一辆摩托车停在我家弄堂口。摩托车尾部有一根粗粗的排气管，机器发动时会喷出又黑又浓的油气，我想，如果离那排气管近一点，一定可以闻得很过瘾。我很耐心地在弄堂口等着，过了一会儿，摩托车的主人来了，等他坐到摩托车上，准备发动时，我动作敏捷地趴到地上，将鼻子凑近排气管的出口处等着。摩托车的主人当然没有发现身后有个小孩在地上趴着，只见他的脚用力踩动了几下，摩托车呼啸着箭一般蹿出去。而我呢，趴在路边几乎昏倒。

那一瞬间的感觉，我永远不会忘记——随着那机器的发动声轰然而起，一团黑色的烟雾扑面而来，把我整个包裹起来。根本没有什么美妙的气味，只有一股刺鼻的、几乎使人窒息的怪味从我的眼睛、鼻孔、嘴巴里钻进来，钻进我的脑子，钻进我的五脏六腑。我又是流泪，又是咳嗽，只感到头晕眼花、天昏地黑，恨不得把肚皮里的一切东西都呕出来……天哪，这难道就是我曾迷恋过的汽油味儿！等我趴在地上缓过一口气来时，只见好几个人围在我身边看着我发笑，好像在看一个逗人发乐的小丑。原来，猛烈喷出的油气把我的脸熏得一片乌黑，我的模样狼狈而又滑稽……

从此以后，我开始讨厌汽油味，并且逐渐懂得，任何事情，做得过分以后，便会变得荒唐，变得令人难以忍受。

囚　蚁

童年时曾经认为世界上所有的动物都可以由人来饲养，而且所有的动物都可以从小养到大，就像人一样，摇篮里不满一尺长的小小婴儿总能长成顶天立地的大巨人，连蚂蚁也不例外。在儿歌里唱过"小蚂蚁，爱劳动，一天到晚忙做工"，所以对地上的蚂蚁特别有好感，常常趴在墙角或者路边仔细观察它们的活动，看它们排着队运食物、搬家，和比它们大无数倍的爬虫和飞虫们作战……大约是五岁的时候，有一天我和妹妹忽发奇想：为什么不能把蚂蚁们放到玻璃瓶里养起来呢？像养小鸡小鸭那样养它们，给它们吃，给它们喝，它们一定会长大，长得比蟋蟀和蝈蝈们还要大。

这件事情并不复杂。找一个有盖子的玻璃药瓶，然后将蚂蚁捉到瓶子里，我们一共捉了十五只蚂蚁，再旋紧瓶盖。这样，这十五只蚂蚁便有了一个透明整洁的新家。我和妹妹兴致勃勃地观察着蚂蚁们在瓶子里的动静，只见它们不停地摇动着头顶的两根触须，急急忙忙地在瓶子里上下来回地走动，似乎在寻找什么。我想它们大概是饿了，便旋开瓶盖投进一些饭粒，可它们却毫无兴趣，依然惊惶不安地在瓶里奔跑。它们肯定在用它们的语言大声喊叫，可惜我听不见……第二天早晨起来，第一件事情就是看玻璃瓶里的蚂蚁。只见那15只蚂蚁横七竖八躺在瓶底下，安安静静地一动也不动，它们全都死了。我和妹妹很是伤心了一阵，想了半天，得出结论：是因为药瓶里不透气，蚂蚁们是闷死的。（现在想起来，更可能是瓶里的药味使小蚂蚁们送了命。）

原因既已找到，新的办法便随之而来。我找来一只火柴盒子，准备为蚂蚁们做一个新居。怕它们再闷死，我命令妹妹用大头针在火柴盒上扎出一些小洞眼，作为透气孔。当时已是深秋，天气有些冷，于是妹妹又有了新的担忧："火柴盒里很冷，小蚂蚁要冻死的！"对，想办法吧。在妹妹的眼里，我这个比她大一岁的哥哥是无所不能的。我果然想出办法来：从保暖用的草饭窝里抽出几根稻草，用剪刀将稻草剪碎后装到火柴盒里，这样，我们的蚂蚁客人就有了一个又透气又暖和的新窝了。我和妹妹又抓来一些蚂蚁关进火柴盒里，还放进一些饼干屑，我们相信蚂蚁们会喜欢这个新家。遗憾的是不能像玻璃瓶一样在外面可以观察它们了。但可以用耳朵来听，把火柴盒贴在耳朵上，可以听见它们的脚步声。这些窸窸窣窣的声音极其轻微，必须在夜深人静时听，而且要平心静气地听。在这若有若无的微响中，我曾经有过不少奇妙的遐想，我仿佛已看见那些快乐的小蚂蚁正在长大，它们长出了美丽的翅膀，像一群威风凛凛的大蟋蟀……

　　然而我们的试验还是没有成功。不到两天时间，火柴盒里的蚂蚁们全都逃得无影无踪。我也终于明白，蚂蚁们是不愿意被关起来的，它们宁可在墙角、路边和野地里辛辛苦苦地忙碌劳作，也不愿意在人们为它们设置的安乐窝里享福。对它们来说，没有什么比自由的生活更为可贵。

跳　河

　　在几十双眼睛的注视下，我爬上了苏州河大桥的水泥桥栏。我站得那么高，湍急的河水在我脚下七八米的地方奔流。我闭上眼睛，深深地吸了一口气，准备往下跳，然而脚却有点发抖……

　　背后有人在小声议论——

　　"喔，这么高，比跳水池的跳台还高！这孩子敢跳？"

　　"胆子还真不小！"

　　"瞧，他有些害怕了。"

　　……

　　议论声无一遗漏，都传进了我的耳朵。于是我闭上了眼睛，又深深地吸了一口气……

　　这还是读初中一年级时的事情。放暑假的时候，我常常和弄堂里的一批小伙伴一起下黄浦江或者苏州河游泳。有一天，看见几个身材健美的小伙子站在苏州河桥栏上轮流跳水，跳得既潇洒又优美，使人惊叹又使人羡慕。我突然也想去试一试，他们能跳，我为什么不能呢？小伙伴们知道我的想法后，都表示怀疑，他们不相信我有这样的胆量。我急了，赌咒发誓道："你们看好，我不跳不姓赵！"看我这么认真，有几个和我特别要好的孩子也为我担心了，他们说："好了，我们相信你敢跳了。你可千万别真的去跳！""假如'吃大板'，那可不是闹着玩的！"（"吃大板"，指从高空落水时身体和水面平行接触，极危险）可是再也没有人能够阻拦我的决心。我爬上桥栏时，小伙伴们都为我捏一把汗，有几个甚至不敢看，躲得远远的……

然而当我站到高高的桥栏上之后，却真的害怕起来，尤其是低头看桥下的流水时，只觉得头晕目眩。在这之前，我从未在超过一米以上的高度跳下水，现在一下子要从七八米高的地方跳入水中，而且没有任何准备和训练，真是有点冒险。如果"插蜡烛"，保持直立的姿势跳下去，危险性要小些，但肯定会被人取笑。头先落水呢，一点把握也没有……我犹豫了几秒。在听到背后围观者的议论时，我一下子鼓起勇气：头先落水！

我眼睛一闭，跳了下去。但结果非常糟糕，因为太紧张，落水时身体蜷曲着，背部被水面又狠又闷地拍了一下，几乎失去知觉。挣扎着游上岸时，发现背脊上红红的一大片。不过，这极不潇洒的一跳，却使我懂得了怎样才能使身体保持平衡。

"这一跳不行，我重跳。"当小伙伴们拥上来时，我喘着气宣布了我的决定。不管他们怎样劝阻，我还是重新爬上了桥栏。我又跳了两次。尽管我看不见自己落水时的姿势，但从伙伴们的赞叹和围观者的目光来看，后两次跳水我是成功了。

我的父母和学校的老师从来不知道我曾到江河里游泳，更不知道我还敢从桥头往河里跳。他们也许不会相信，这样一个经常埋头在书中的文质彬彬的好学生，竟然会做出这种只有顽童才会去干的冒险行动。然而我确确实实这样干了，干得比顽童还要大胆。

为逞一时之强而去冒这样的险，似乎有点蠢，有点不值得，但我因此而树立了这样的信念：凡是我想要做的，我一定能够做到。随着年龄的增长，这信条越来越明确。尽管以后我也不断地有过失败和挫折，但我从没有轻易放弃过自己所追寻的理想和目标。

战马蜂

　　小时候，对蜜蜂有着极好的印象，因为，在我读过的童话、唱过的童谣里，蜜蜂是一种勤劳而又美丽的小昆虫，是人类的好朋友。蜜蜂虽然可爱，然而却不可亲近，这道理我也知道，因为蜜蜂会蜇人。不过蜜蜂绝不是一种进攻型的动物，你不去惹它，它绝不会来蜇你。所以我经常凑近了停落在花叶上的小蜜蜂，仔细地观察它们，看它们怎样颤抖着毛茸茸的身体和晶莹透明的翅膀，在花蕊中采集花粉。有时候忍不住伸出手去摸，它们也不蜇我，只是拍拍翅膀飞走了事。所以一听见蜜蜂飞舞的嗡嗡声，我就感到说不出的亲切。

　　然而那嗡嗡的飞舞声未必都是蜜蜂发出来的，譬如马蜂，发出的声音便和蜜蜂差不多。把马蜂当成蜜蜂的经历，我一直无法忘记。

　　那是六七岁的时候，有一次到乡下去，在一片树林里面玩，看见一只莲蓬状的东西挂在树枝上。莲蓬怎么会长到树上去呢？我正感到奇怪，突然看见一只身体金黄和黑色相间的大蜜蜂，飘飘悠悠地飞落在那只莲蓬上，姿态真是优美极了。这么大的蜜蜂，我还从来没有见过呢！我想，如果把它捉回去让大家都来看看，该有多好。于是我小心翼翼地伸出手去，眼看就要捏住大蜜蜂的翅膀，想不到大蜜蜂自己飞起来，轻轻地停落在我的手背上。接着，手背就像被烙铁烫了一下，痛得我大叫起来。等我想去拍那蜜蜂，它却不慌不忙地飞走了。我捂着火烧般剧痛难忍的手背，在树林里又跳又叫。过一会儿一看，手背肿得像个红红的大馒头。这时，只听见那大蜜蜂飞舞的嗡嗡声仍在耳边飘绕。这嗡嗡声顿时变得可恶而又可怕……

我逃回屋里，向一位慈眉善目的乡村老翁展示我那红肿的手背。老翁笑着告诉我："这不是蜜蜂，是马蜂！这虫子厉害，你不要去惹它们。"我问："马蜂是好的还是坏的？"老翁笑道："不好也不坏。"这回答实在太含糊。在儿时的概念中，世界上的人非好即坏，以此类推，其他东西当然也一样。于是我便追问："什么叫不好也不坏？"老翁想了想，说："你不去惹它，它活得自由松快，不是好好的？你要是去惹它，它急了，就会蜇人，那就坏了。你说对不对？"

对不对？不对！对老翁的话，我并没有认可。嘴里虽然不说，心里却认定了，那喜欢蜇人的马蜂绝不是好东西。我要报仇，要惩罚它们一下！

我找来一只用竹片做成的苍蝇拍，自以为这是惩罚马蜂的武器。拿着苍蝇拍来到树林里，我到处寻找马蜂。可马蜂们却仿佛知道我的心思，都不知躲到哪里去了。在林子里兜了半天，看不见一只马蜂。于是我又找到那棵挂着莲蓬的大树下，果然，莲蓬的孔眼里，有马蜂的翅膀在闪动。我这才知道，这莲蓬便是马蜂窝。我举起苍蝇拍，用力向莲蓬拍去，莲蓬被拍得像一个钟摆，在树上晃荡个不停。然而我的快乐没有超过三分钟，灾难便接着来了：从马蜂窝里飞出七八只大马蜂，一齐向我飞来。我躲之不及，在一片嗡嗡声中，头上和脸上被狠狠地蜇了三四下……这下惨了，整个脑袋都肿起来，疼得我直掉眼泪。第一次和马蜂作战，大败而归。我成了乡里孩子们的笑料。然而这是我自找的，能怨谁呢？

第二天，我把自己"武装"了一下：头上戴了一顶草帽，手上戴了一副破手套。还准备了新的武器：一把镰刀。战场当然还是树林，对手也依然是马蜂。这次我是胜利者。我一镰刀割下那马蜂窝，转身拔腿就逃，跑出不多几步，就听见一片嗡嗡声在头顶上响起来，草帽上停落下好几只马蜂，但是它们已经对我无可奈何……跑出树林后，我坐在河边喘了好一阵气，估计已经没有危险，便又悄悄地返回到树林里，检阅我的"战果"。马蜂窝已躺在树下的一片水洼里，马蜂们正惊慌失措地在上面爬来爬去，透明的翅膀不规则地颤动着，一副可怜的样子。奇怪的是，这时它们再不把我当敌人，我站在旁边看，它们无动于衷，只是忙着为自己巢穴的毁灭而伤心叹息。我知道，此刻，如果我不去攻击它们，它们是绝不会飞来蜇我的，即便我曾经捣毁过它们的家。唉，这些小东西，它们不像我那样会记仇。看着这些可怜的马蜂，我一下子失去了胜利者的喜悦，反而生出几分愧疚来。到晚上，这些流离失所的马蜂不知会怎么样……

此后，我再也不与马蜂为敌，也再没有被马蜂蜇过。而蜜蜂的嗡嗡声，依然使我感到亲切。很自然地，在那嗡嗡声里，我也会想起马蜂，同样也是一种亲切感，尽管我们曾经打过仗。

与象共舞

在泰国，如果你在公路边的草丛或者树林里遇到一头大象，那是一件很自然的事情。不必惊奇，也不必惊慌，大象对蚂蚁一般的人群已经熟视无睹，它会对着你摇一摇它那对蒲扇般的大耳朵，不慌不忙地继续走它自己的路。那种悠闲沉着的样子，使你联想到做一个人的焦虑和忙乱。

象是泰国的国宝。这个国家最初的发展和兴盛，和象有着密切的关系。大象曾经驮着武士冲锋陷阵，攻城夺垒，曾经以一当十、以一抵百地为泰国人服役做工。被驯服的象群走出丛林的那一天，也许就是当地文明的起源。泰国人对象存有亲切的感情，一点也不奇怪。

在国内看大象，都是在动物园里远观，人和象隔着很远的距离。在泰国，人和象之间失去了距离，很多次，我和象站在一起，象的耳朵拍到了我的肩膀，象的鼻息喷到了我的身上。起初我有些紧张，但看到周围那些平静坦然的泰国人，神经也就松弛了。在很近的距离看大象的脸，我发现，象的表情非常平静。那对眼睛相对它的大脑袋，显得极小，但目光却晶莹而温和。和这样的目光相对，你紧张的心情很自然地会松弛下来。

据说象是一种通人性的动物。在泰国，大象用它们的行动证实了这种说法。在城市里看到的大象，多半是一些会表演节目的动物演员。在人的训练下，它们会踢球，会倒立，会骑车，会用可笑的姿态行礼谢幕。最有意思的是大象为人做按摩。成排的人躺在地上，大象慢慢地从人丛里走过去，它们小心翼翼地在人与人之间寻找着落脚点，每经过一个人，都会伸出粗壮的脚，在他们的身上轻轻地抚弄一番，有时也会用鼻子给人按摩。一次，我看到一头象用鼻子把一位女士的皮鞋脱下来，然后卷着皮鞋悠然而去，把那躺在地上的女士急得哇哇乱叫。脱皮鞋的大象一点也不理会女士的喊叫，用鼻子挥舞着皮鞋，绕着围观的人群转了一圈，才不慌不忙地回到那女士身边，把皮鞋还给了她。那女士又惊又尴尬，只见大象面对着她，行了一个屈膝礼，好像是在道歉。那庞大的身躯，屈膝点头时竟然优雅得像一个彬彬有礼的绅士。

最使我难以忘怀的，是看大象跳舞。那是在芭堤雅的东巴乐园，一群大象为人们作表演。表演的尾声，也是最高潮。在欢乐的音乐声中，象群翩翩起舞，观众都拥到了宽阔的场地上，人群和象群混杂在一起舞之蹈之，热烈的气氛感染了在场的每一个人。舞蹈的大象，看起来没有一点笨重的感觉，它们随着音乐的节奏摇头晃脑，踮脚抬腿，前后左右颠动着身子，长长的鼻子在空中挥舞。毫无疑问，它们和人一起，陶醉在音乐中。这时，它们的表情仿佛也是快乐的，我想，如果大象会笑，此刻的表情便是它们的笑颜。

看着这群和人类一起舞蹈的大象，我突然想起了多年前听说过的一个关于象的故事。这故事发生在俄罗斯的一个动物园。一天，一头聪明的大象突然对饲养员开口说话，饲养员不相信自己的耳朵，然而大象竟清晰地用低沉的声音喊出了他的名字……当时看到这报道时，我认为这是无稽之谈。此刻，面对着这些面带微笑、和人群一起忘情舞蹈的大象，我突然相信，那故事也许是真的。

离开泰国前，到一家皮革商店购买纪念品，售货员拿出一只橘黄色的皮包，很热情地介绍说："这是象皮包，别的地方买不到的！"我摸了摸经过鞣制而变得柔软光滑的大象皮，手指竟像触电一般。在这瞬间，我眼前出现的是大象温和晶莹的目光，还有它们在欢乐的音乐中摇头晃脑跳舞的模样……

人啊人，如果我是大象，对你们，我还有什么话可说！

与象共舞

流水和高山

在宁静的西湖畔，凝视波光潋滟的水面，我的心里回荡着音乐。

在九寨沟，欣赏那水晶一般清澈晶莹的流水时，我的心里回荡着音乐。

在黄山，惊叹着群山千姿百态的变化时，我的心里回荡着音乐。

在黄河边上，看那浑浊的急流翻卷着漩涡滔滔奔泻，我的心里回荡着音乐。

在峨眉山顶，俯瞰着在翻腾的云海中起伏的群山，我的心里回响着音乐。

坐船经过长江三峡的时候，面对着汹涌的急流和峻峭的危岩，我的心里回响着音乐。

……

面对着流水和高山，我想起了人类历史上两位最伟大的音乐家，他们是贝多芬和莫扎特。

也许有人会说，置身于中国的山水，你的心里为什么会回荡外国人的音乐？我想，答案其实很简单，美好的音乐没有国界，它们无须翻译，无须解释，便能毫无阻拦地逾越语言和民族的藩篱，沟通人类的心灵，拨动情感之弦。在大自然奇妙的韵律中，想起这两位音乐家，在我是情不自禁的事情，听他们的音乐时，我不觉得他们是外国人，只感觉他们是和我一样的人，他们用音乐表达对世界和生活的看法，用音乐抒发他们心中的诗意。他们的音乐感动了我，激动了我，他们的音乐把大自然和人的情感奇妙地结合为一体，使我恍然觉得自己也成了大自然的一部分，成了音乐中的一个音符。记得很多年前，在一些愁苦的日子里，我把自己关在屋子里，一遍又一遍倾听莫扎特的钢琴协奏曲，从他儿时创作的《第一钢琴协奏曲》，一直到他晚年写的《第二十七钢琴协奏曲》，听这些优美的钢琴曲，如同沿着一条迂回在幽谷中的溪涧散步，清凉晶莹的流水洗濯着我疲惫的双脚，驱散了我心头的烦恼。

莫扎特的音乐如同清澈的流水，在起伏的大地上流淌。这流水时而平缓时而湍急，然而它们永远不会失去控制，始终保持着优美的节奏，它们在风景如画的旅途上奔流，绿荫在它们的脚下蔓延，花朵在它们的身边开放，百鸟在它们的涛声中和鸣，有时，也有凄凉的风在水面吹拂，枯叶像金黄的蝴蝶在风中飘舞……这样的景象，绝不会破坏它们带来的美感。莫扎特的旋律中有欢乐，也有悲伤，但，没有发现他的愤怒。莫扎特可以把人间的一切情绪都转化为美妙动人的旋律，甚至他的厌恶。这是他的神奇所在。他的追求，何尝不是艺术的一种理想的境界？在人类艺术的长河中，有几个人能达到这样的境界？莫扎特为法国圆号写过几首协奏曲，都是为当时的一个业余法国圆号演奏家所作。莫扎特看不起这个没有受过多少教育的演奏家，在写给他的曲谱上，莫扎特用"笨驴、牛、笨瓜"这样的词来称呼这位演奏家，其厌恶之心溢于言表。然而不可思议的是，他在曲谱上写出的旋律，却是人间少有的优雅的音乐，这些音乐当时就让人着迷，它们一直流传到现在，能使现代人也陶醉在它们那迷人的旋律中。所以有人说，莫扎特是上帝派到人间来传送美妙音乐的特使。我想，只要人类存在一天，莫扎特的音乐就会存在一天，人世间的变化再大，人类也不会拒绝莫扎特的音乐，就像人类永远不会离开奔腾的流水。

曾经听到一些自称喜爱音乐的人宣称：不喜欢莫扎特，莫扎特太甜美。仿佛喜欢了莫扎特，就是一种浅薄。这样的看法使我吃惊。在人类的历史上，还有哪个音乐家为这个世界创造了如此丰富众多的美妙旋律？创造美，竟然可以成为一种罪过，岂不荒唐？我听过莫扎特生前创作的最后几部作品，他的《第四十交响曲》，他的《安魂曲》。这些在贫病交迫的境况中写成的音乐，把忧伤和困惑隐藏在优美迷人的旋律中，听这些旋律，只能使人对生命产生依恋，对生活产生憧憬。一个艺术家，面对着穷困和死神，依然为世界唱着美丽的歌，这是怎样的一种境界？把这样的境界称之为"浅薄"，那才是十足的浅薄。

听贝多芬的交响曲，很少有人不被他的激情所振奋。即便是那些对音乐没有多少了解的人，也能在他气势磅礴的旋律中感受到生机勃勃的力量，感受到一种居高临下，俯瞰大地的气概。就像读杜甫的《望岳》："会当凌绝顶，一览众山小。"音乐家把心中的音符倾吐在乐谱上时，灵魂中涌动着多少澎湃的激情？贝多芬的其他曲子，也有相似的特点。我很难忘记第一次听贝多芬的《第五钢琴协奏曲》时的印象，当钢琴高亢激昂的声音突然从协奏的音乐中迸出时，我的眼前也出现了流水，不过这不是莫扎特的那种缓缓而动的优雅的流水，而是从悬崖绝壁上倾泻下来的飞瀑，是从高耸入云的阿尔卑斯山上一泻千里的急流，这急流裹挟着崩溃的积雪和碎裂的冰块，它们互相碰撞着，发出惊天动地、惊心动魄的轰鸣。我无法理解，这样的音乐，为什么会有"皇帝"这么一个别名，不喜欢皇帝的贝多芬，难道会喜欢用"皇帝"来为这样一部激情铿锵的作品命名？如果用"阿尔卑斯山"作为这部钢琴协奏曲的名字，该是多么贴切。在莫扎特的音乐中，似乎很少出现这样强烈的、激动人心的声音。如果是莫扎特的河流，他不会让流水飞泻直下，也不会让那些冷冽的冰雪掺和在他的清澈的流水中，他一定会寻找到几个平缓的山坡，让流水减慢速度，委婉地、迂回曲折地向山下流去。这样的流水，当然也是美，不过这是另外一种韵味的美。

在贝多芬的音乐中，我很自然地联想起那些高耸入云的山峰，它们以宽广深沉的大地为基础，以辽阔的天空为背景。它们像自由不羁的苍鹰俯瞰着大地，目光里出现的是大自然的雄浑和苍凉，是人世间的沧桑和悲剧。只有那些博大的灵魂，才可能描绘这样气势浩大的景象。

然而，贝多芬的山峰绝不是荒山。他的山峰上有蓊郁的森林。也有清溪流泉。他的钢琴奏鸣曲《月光》，便是倒映着清朗月色的高山湖泊，他的那些优美的钢琴三重奏，便是清澈的山涧溪流，在幽谷中蜿蜒流淌……当音乐跌宕起落、震天撼地时，他的山峰便成了洪峰汹涌的峡谷、轰然喷发的火山。

曾经听一位西方的指挥家这样评论贝多芬：他把心中的愤怒、焦灼和困惑直接用音乐宣泄出来。在他之前，还没有人这样做。这就是现代音乐和古典音乐的分界。这样的结论，对于音乐史或许有些武断，但作为对贝多芬的评价，却一点没有错，这大概正是贝多芬对现代音乐的贡献。把心中那些复杂焦虑的情绪化为音乐的旋律，也许改变了古典的和谐优雅，使有些人觉得惊愕，觉得不那么顺耳，然而这种复杂心情，绝非贝多芬一人心中所独有，他用如此强烈激荡的形式把这种心情表达了出来，当然能使无数人产生共鸣。对那些萎靡不振、沮丧悲观的灵魂，贝多芬的音乐是一帖良药。正如萧伯纳在《贝多芬百年祭》所说：他不同于别人的地方，就在于他那令人激动的性格，他能使我们激动，并把他那奔放的激情笼罩着我们。贝多芬的音乐是使你清醒的音乐。

　　如果有人问我，面对着这样的流水和这样的高山，你更喜欢谁？我很难回答这问题。最近读法国钢琴家大卫·杜波的《梅纽因访谈录》，书中，大卫·杜波问梅纽因：在贝多芬和巴赫、莫扎特之间，谁更伟大？这问题使梅纽因颇费神思。他这样回答："我没有必要把他们摆到同一水平线上去衡量，但我的生活中的确不能缺少他们之中的任何一位，除了贝多芬，我也不能没有莫扎特、巴赫、舒伯特以及其他许多人。"我想，在音乐的世界里，不能没有贝多芬，也不能没有莫扎特，少了他们两位中的任何一位，这世界就是残缺的。在这两个音乐大师中，谁也无法下结论说哪个更伟大，更了不起。就像在评价中国的唐诗时，你很难说李白和杜甫这两位大诗人中，谁更伟大，谁更了不起。如果把莫扎特比作流水，那么，贝多芬就是高山。流水和高山，都是大自然中最精彩的风景，流水的活泼清逸和高山的峻拔秀丽，同样令人神往。我们的大地上，不能没有流水，也不能没有高山。高山和流水，常常是那么难以分割地连在一起。高山因流水而更显其伟岸，流水因高山而更跌宕活泼。没有高山，也就不会有流水，而没有流水的高山，则必定是荒山。我并不关心人们怎样为莫扎特和贝多芬的音乐风格定义。古典主义也罢，浪漫主义也罢，这些帽子，怎么能罩住音乐塑造的丰富形象和复杂微妙的情感？

　　听莫扎特的音乐，你可以坐下来，静静地欣赏，犹如面对着水色潋滟、风光旖旎的湖水。你会情不自禁地陶醉在他的音乐中，让想象之翼作彩色的翔舞。

　　听贝多芬的音乐，令人激动，令人坐立不安。在那些跌宕起落的旋律中，你仿佛急步走在崎岖的山道上，路边万千气象，让你目不暇接。你也很可能产生这样的担忧：前面，会不会突然出现一个悬崖，会不会一失足跌落进万丈深渊？

　　这样的境界，都是诗意盎然的人生境界。

是的，莫扎特和贝多芬，常常使我想起中国的李白和杜甫。李白和杜甫虽然都生活在盛唐，却是一前一后，擦肩而过。然而两个人的诗歌一起留了下来，成为那个时代留给世界的最响亮最美妙的声音。李白和杜甫相处的时间极短，却互相倾慕、互相理解，并将文人间这种珍贵的友谊保持终生。"白也诗无敌，飘然思不群。""笔落惊风雨，诗成泣鬼神。"这是年轻的杜甫对李白的赞叹。"不愿论簪笏，悠悠沧海情。"这是诗人对诗艺和友情的见解。而李白一点也没有因为年长于杜甫而摆架子，两人结伴同游齐鲁，陶醉于山水，分手后，互寄诗笺倾诉别情。李白诗曰："思君若汶水，浩荡寄南征。"杜甫也以诗抒怀："寂寞书斋里，终朝独尔思。""罢琴惆怅月照席，几岁寄我空中书？"李杜之间的友情一如高山流水，绵延不绝。莫扎特和贝多芬也是同一时代的两位大师。对贝多芬来说，莫扎特是长者，是前辈，在艺术上，贝多芬对莫扎特满怀敬意，称他是"大师中的大师"。尽管他对莫扎特的生活态度不以为然。而莫扎特生前听到尚未出道的贝多芬的曲子后，也曾真诚地预言说："有一天，他会名扬天下。"较之李白和杜甫，莫扎特和贝多芬之间的交流也许更少，两人之间大概也谈不上有什么友谊，但是作为音乐家，他们的心是相通的。在莫扎特《天神交响曲》震撼天地的旋律中，贝多芬大概终于忘记他所有的成见，因情感共鸣而手舞足蹈了……

莫扎特和贝多芬的时代早已远去。欣赏音乐的现代人恐怕不会去计较作曲家当时的身份，也不会去追索他对当时的皇帝持什么态度，更不在乎他当时穿的是"宫廷侍从的紧腿裤"，还是"激进共和主义者的散腿裤"。重要的是音乐本身，如果音乐家在作品中阐述了他对美的特殊理解，倾诉了他美妙的真情，那么，他的音乐就会长久地拨动听者的心弦。因为，他留下的旋律，是人类的心声，是美好感情的结晶，它们不会因为岁月的流逝而消失，也不会因为世事的更迁而变色。最无情的是时间，多少名噪一时的艺术，被时间的流水冲刷得一干二净，原因无他，因为它们不是真正的艺术。最公正最有情的也是时间，生时被误解、被冷落，死时连一口棺材也买不起，然而他的音乐却随岁月之河晶莹四溅地流向了未来。时间对他们来说绝不是坟墓，而是功率无穷的扬声器。

　　高山巍巍，流水潺潺。能在莫扎特和贝多芬的音乐中徜徉于美妙的高山流水，真是人类的福分。

姑苏游

登天平山

在苏州一带的山丘峰岭之中，天平山可算是佼佼者。很早就听苏州的朋友介绍过它，这次到苏州，才有机会攀登了一趟。

正是金风十月。在山脚下迎接我们的是"范文正公祠"。哦，宋代文豪范仲淹与天平山还有一段缘由呢。我不由想起范仲淹咏叹天平秋色的诗句来："碧云天，黄叶地……"然而，此刻看到的，却是另一番景色，扑入我眼帘的，并不是枯叶的萎黄，而是一片使人眼睛发亮的红色，红得就像一片随风翻动的朝霞。离"范文正公祠"不远的路旁，屹立着几株浑身染红的参天古枫，后面的山坡上，几百株枫树组成了一座颇为壮观的红色枫林。这样大的枫林，倒还是头一次看见。走进枫林，我真正体会到了枫叶的妙处。那枫叶的红色，并不是单纯划一的，其中有橘黄的、粉红的，有玫瑰红的、绛紫色的，真个是姹紫嫣红，灿烂如蜀锦苏绣，使人眼花缭乱。难怪古人会唱出"停车坐爱枫林晚，霜叶红于二月花"了。天平山下的枫树，传说是范仲淹的后裔，明朝的范允临从福建移植过

069

来的树种，年龄都在三四百岁以上了，最大的树两个人还合抱不过来。我想，当年范仲淹到这里时，山下可能还没有这片火红的枫林，于是他只能轻吟"碧云天，黄叶地"了……

沿石级向上攀登不久，便来到"云泉精舍"，年代古远的"兼山阁"已经不见了，临崖建起一座十分雅致的现代化茶楼，茶楼侧畔是一池碧水，这就是有名的"钵盂泉"，楼后石罅中有一线乳白色的流泉，经竹管流入池内（以前是用钵盂接泉水的，故名"钵盂泉"）。白居易做苏州刺史时，曾经品题它为"天平山上白云泉"，有人又称它为"吴中第一泉"。面对着这么多的桂冠，这股小小的山泉或许会觉得受之有愧吧？它实在是太纤弱、太细小了，全仗着诗人墨客的多情，它才得以名传四方。不过，在这里设一茶楼，却是极好的主意。坐在阴凉的茶楼中品茗小憩，可以细细观赏楼外的山景，一面是刀削剑劈般的巉岩，一面是粗犷错落的山石。山石背后，不时闪出几团红色的枫树梢。最妙的是随着山风传入楼中的林涛，一阵接着一阵，"哗啦……哗啦……"仿佛是天平山深沉的呼吸声。

离开"钵盂泉"继续上山，很快就来到了山势险峻的"一线天"。这是耸立在上山道中的两块陡峭崖壁，两崖之间有一条一尺来宽的缝隙，凿有石级。侧身拾级穿越缝隙时，但见一线青天在头上闪烁，真有"一夫当关，万夫莫过"的气势。穿过"一线天"再向上十几米，有一块巨石横插在山间，就像是凌空架起的一座跳水台，煞是惊险。人们把这块怪石叫作"撑腰"。此名从何而来，不得而知，或许是把它比作一只撑在山腰中的巨手吧。登上"撑腰"鸟瞰山下，只见起伏的枫林在脚下翻滚，仿佛是一片随风浮动的红霞。这就是所谓"万丈红霞"之景了。

在通向峰顶的崎岖山路上吃力地向上攀着，不时倚靠路边的山石小憩片刻。我不禁注意到那漫山遍野的石头了，这里的石头有点儿特别，几乎大多是直立着的，形状也是千姿百态，有的像砍柴的樵夫，有的像飘逸的仙娥，有的像肃立的兵士，有的像飞禽走兽……向同行者一问，才知道这满山怪石也是天平一景，只是名字起得古怪，叫作"万笏朝天"，使人听了心中老大一个疙瘩。也不知这题名者是谁，在这诗画一般的青山之中，竟然会联想到给皇帝磕头的情景。我想，当年，有游山赏水的闲情逸致的，大概也只有那些达官贵人们，而现在的游客，谁也不会从这一山怪石中联想起什么"万笏朝天"了。走在我前面的一对夫妇看样子是工人，他们的两个孩子仿佛故意在证实我的想法：

"妈妈，你瞧，这块石头多像一只大灰狼！"

"不！不像大灰狼，像老黄牛，像老黄牛！"

孩子们天真地叫着，笑着，争着爬上石头，把个幽静的山谷弄得一片喧闹。

经过一段艰苦的冲刺，终于登上了峰顶。"会当凌绝顶，一览众山小。"现在，百里姑苏的锦绣山川，全都在我的脚下了！那无边无际的原野，是色彩缤纷的。成熟的晚稻一片连着一片，像是一块块金黄色的绒毯。离山不远有一片果园，那是一抹墨绿色，可惜我没有望远镜，否则，兴许还能看到枝叶间的累累硕果呢！公路和河流，织成了一张美丽的网，那穿梭往来的汽车和船只，小得像是正在织网的蜘蛛。远处，烟囱林立，白烟缭绕，许多新的工厂和楼房正在建造之中。隐匿在云烟之中的姑苏城，犹如一支巨大的舰队，静静地停泊在金色的海洋里。回过身来远眺西北，太湖，就像一片闪闪发光的明镜横卧在天边，透过那白茫茫的轻烟浮云，湖中的渔帆、机轮依稀可辨，我甚至仿佛听见了那昂扬的渔歌，听见了那清脆的机声，仿佛感觉到了太湖上那种蓬勃兴旺的繁忙……我贪婪地眺望着，赞叹着，深深地陶醉了。强劲的山风撩起我的衣衫，拂动我的头发，吹干了我的热汗，使我心悦神爽。哦，倘若说，在上山途中，我曾被牵动起几分怀古的幽情的话，此刻，在这峻峭的山顶上，面对着脚下这幅欣欣向荣的绚丽长卷，那几分思古之情早已烟消云散，充溢我心胸的，是一种可以引以为豪的现实感。

我抬起头来，突然感到自己和天离得那么近，好像伸手便能抓到那轻悠悠的白云了。哦，真不愧是天平山呵！

月落乌啼霜满天，
江枫渔火对愁眠。
姑苏城外寒山寺，
夜半钟声到客船。

这是唐朝著名诗人张继的《枫桥夜泊》。一千多年来，这首诗不仅在国内广为流传，还漂洋过海，翻山越岭，传到了日本和印度等国。苏州城外的寒山寺，也随着这首诗而名扬天下了。

张继的《枫桥夜泊》虽然流露出一种淡淡的哀愁，但它描绘了一幅无比美妙的画，一幅落笔有神、意境幽远的淡墨国画。读着这些优雅的诗句，谁不向往那红枫簇拥、钟声萦绕的寒山寺呢。

由于自幼爱诗，我很早就知道了寒山寺，并且时常想象着它的模样，想象着那悠扬清亮的钟声。我很想在一个皎月之夜，搭上一艘江南的乌篷小船，沿着银波粼粼的古运河，出姑苏，过枫桥，魂游于《枫桥夜泊》的诗境……真的到寒山寺，却还是最近的事情。当然，我不可能坐着小船夜游寒山寺，那是非吃闭门羹不可的。可是我想，不能领略枫桥夜色，看一看它的晨光一定也很有意思。于是，在一个晴朗的早晨，我浴着曙色来到寒山寺。

寒山寺在苏州阊门外的枫桥镇，离城不到十里。老远，就看到了那掩隐在绿树丛中的寺院，杏黄色的院墙、青灰色的殿脊、苍绿色的参天古木，全都沐浴在玫瑰红的朝暾之中。枫桥，是一座典型的江南石拱桥，无甚特别，只因它的名气太大，游客都要仔仔细细把它观察几番，在桥上走上几回。

下了枫桥，走不多远便到了寒山寺。进得院门，先入殿宇。这里，仿佛是一个艺术展览会，寺内四壁挂满了题词书画，有古代名人留下的，也有当代书画家的。这些诗词画卷，记录了人们对于寒山寺的感受，而每一件作品，又几乎都有一个有趣的传说。描写寒山寺的诗，当然莫过于《枫桥夜泊》了。唐代以后的许多诗人，都到过这里，并且留下了不少诗篇，他们中间有些人是颇想与张继一争高下的。值得一提的是清朝诗人王渔洋，据传他为了体会夜泊枫桥的情境，半夜里冒雨坐船来到枫桥，在寒山寺的山门上用墨笔题了一首诗，就下船离开了，连大殿也没进。他的那首题为《夜雨题寒山寺寄西樵礼吉（其一）》的诗，后来被人刻在石碑上了，诗是这样的："日暮东塘正落潮，孤篷泊处雨潇潇。疏钟野火寒山寺，记过吴枫第几桥？"虽然不及《枫桥夜泊》优美传神，却也写得十分飘逸自然，只是调子更灰暗了一点。最有趣的是关于寺门匾额上"寒山寺"三个字的传说。明朝时，寺院当家和尚请文豪祝枝山题字，祝枝山开口索银三十两，而当家和尚只肯出二十两。一分价钱一分货，祝枝山挥笔写下"寒山"两字，便扬长而去。后来，清朝苏州府台陶濬溶补写了"寺"字，故"寒山寺"三字笔力不同。年深日久，风侵雨蚀，匾额破旧了，字迹也渐渐模糊不清了，寒山寺的当家和尚想请人另写一下，但是怎么也找不到合适的人。有些文人也很想借此留名，可一看原来那三个遒劲苍老的大字，便不敢动笔了。正在为难的时候，寒山寺隔壁烧饼铺里一个伙计却自告奋勇，说他能写这三个字，并且声称要直接把字写上匾额。和尚虽然半信半疑，还是让他试了。只见那伙计稳稳地站在山门前，手握一柄洗刷烧饼炉子的炊帚，饱蘸墨汁，仰头举臂，一挥而就。站在他身后的和尚和一群观众都惊叫起来，那伙计写的"寒山寺"三字，竟跟原来的一模一样，那笔力甚至还更为有力！原来，那伙计每天清早起来，生好火，扫好地，准备做第一炉烧饼前，就用手中的炊帚到寺门前照着匾额上的"寒山寺"三个字写一遍，这样天天写，一直写了几十年……因此，"寒山寺"三个字虽然仍旧落着名家的下款，实际上却是出自一位烧饼师傅的大炊帚了。当然，这不过是传说而已，谁也无法考证它是真是假了。

看着琳琅满目的诗书字画，听着一个个动人的故事，我深深地陶醉了。这所有的一切，都反映着我们祖国悠久辉煌的文化，都凝集着我们民族的智慧呵！我正想着，猛然听到了一阵钟声："嗡……嗡……嗡……"仿佛是一位经历了无数年代的老人，正放开他那浑厚深沉的嗓门，召唤着人们。呵，这就是寒山寺的钟声！

寒山寺，是和它的钟声连在一起的。张继当年所描绘的"夜半钟声"，曾使多少飘零江湖的落魄文人为之凄然，又曾使多少忧国忧民的有志之士为之动情……是的，当年，人们被这钟声所牵动的感情，是复杂而微妙的，因时因事，各个相异。然而，有一点大概是相同的：在这钟声里，人们会感受到山河的壮美，会激起对伟大祖国的爱。我想，那口声传十里的巨钟，一定是铸造精美的，上面有画，有诗……在钟声的余音中，我急切切地直奔钟楼。

钟楼高二层，一口铁质的大钟悬挂在二层楼上。钟身乌黑闪亮，两人不能合抱，用拳头去击，就会发出一阵深沉的低鸣。若是挥动钟锤重敲，那"当"的一声，震得人耳膜发痛，整座钟楼都仿佛颤动起来，嗡嗡嗡的余音在钟楼里萦绕回荡，久久不息……

呵，这就是当年张继听到过的钟声吗？我正在感叹着，一位高龄的寺僧却向游人们讲起一段关于钟的辛酸的故事。鸦片战争以后，帝国主义掠夺的魔爪伸进了中国，我们祖先创造的无数宝贝，像江水一样流到了外洋，连寒山寺的古钟也不能幸免，被盗卖到了日本！以后，日本有人另铸日式钟一口送到寒山寺，上面刻有日本当时的首相伊藤博文的辩词和诗："姑苏寒山寺，历劫年久，唐时钟声，空于张继诗中传耳。尝闻寺钟转入我邦，今失所在。上田寒山搜索甚力，而迄今不能得焉。乃将新制一钟，赍往悬之，来请余铭，寒山有诗，次韵以代铭：姑苏非异域，有路传钟声。勿说盛衰迹，法灯灭又明。"伊藤博文虽力辩唐钟没有运到日本，但戊戌变法的领导人康有为，却曾在寒山寺写下了这样的涛句："钟声已渡云海东，冷尽寒山古寺风。"激愤地肯定了这一事实。我们现在见到的这口大铁钟，是一九一一年江苏巡抚程德全补铸的。张继诗中提到的古钟，至今下落不明，而那口日本钟，现在还挂在寺庙的正殿中。

嗡嗡的钟声，仍在耳边萦绕，我的心头却沉重起来。这古钟的遭遇，使我想起了这一个多世纪来，我们的祖国所遭受的深重的苦难。祖国呵，尽管你有着如此悠久辉煌的历史，有着如此灿烂多姿的文化，可你曾经是那么软弱，那么无力，甚至没有力量保护一口古钟呵！落后要挨打，要被掠夺，这是多么深刻的教训！今天的人们呵，但愿你们在寒山寺的钟声中，不要仅仅沉湎在如诗如画的湖光山色之中，不要仅仅陶醉在祖先留下的辉煌的文化遗产中吧！我想，倘若张继今日在世，他也会在钟声中奋起的。

走出寒山寺，太阳已经升高了。我站在高高的枫桥上，眺望笼罩在一片金辉之中的江南田野。正是早稻插秧的季节，金波粼粼的水田里，不时飘来一阵阵欢乐的田歌，勤劳的农民正在忙碌着，撒下一条条翠绿的绒带……这是一幅充满生机、充满希望的画面。转身回望寒山寺，那占朴端庄的寺庙，真像一个饱经沧桑的老人，深情地凝视着这沐浴在晨光里的世界。嗡嗡的钟声又响了，仿佛是他语重心长的叮咛。哦，我想，我们的人民，是绝不会使他失望的！

香山秋叶

天下着微微细雨，远处的山坡上，却是血红的一片，像凝结在那里的晚霞，像燃烧着的火。这就构成了十分奇异的景象，走到这里，谁都会惊讶地感叹起来。

香山红叶！果然名不虚传。

我们来得正是时候。香山的园林工人告诉我们，前几天刚下过霜，山上的树叶被霜花儿一煎，神不知鬼不觉地便由绿变红了。

沿着盘山的道路，我急急地走着。"不用急，慢慢走慢慢看，红叶一片也不会飞走的。"陪我来香山的老诗人微笑着拍了拍我的肩膀。从前，我曾在他的诗文中看到过香山红叶，他的充满激情的描绘使人难以忘怀——那是血，那是火，那是生命临终前顽强的微笑……我曾经觉得不可思议——几片秋天的树叶，怎么可能构成如此惊心动魄的景象呢？

走进密密的黄栌林中了。一片黄中透红的深沉的色彩，把我们笼罩起来。从山下看到的那一大片血红的云霞，现在就铺展在我们周围，一阵风吹来，整个世界仿佛都响起了沙沙声。

这就是红叶么？我伸手从身旁的枝丫上采下一片黄栌叶，细细端详之后，不禁失望了。这实在是很普通的树叶，叶面呈褐红色，中间布满棕色斑点，边缘已经枯黄，如果要为它找一个形容词，恐怕只有"憔悴"了。我想再挑一叶好一些的，很难，模样都差不多。

老诗人也许看出了我的失望，便笑着说："想得太好了，往往就要失望。不过，这红叶还是美的，你忘了刚才在山下仰望时的赞叹么？"他接过我手中的红叶，轻轻往山下一扔，那叶子飘飘悠悠旋转着，变成一个小小的鲜艳的红点，消失在起伏的黄栌林中——俯望脚下，竟也是一片使人眼睛发亮的红色海洋……

"有些东西，只能远眺而不能近看，只能整体看而不能个别看。红叶，大概就是这样。历尽了命运的坎坷和煎熬，怎么能再要求它们完美无缺呢？记住，这是在风霜中熬成的红色，而不是在暖洋洋的春风里吐露的红色。"

他讲得有道理。他写给香山红叶的诗文是真诚的。用生命的最后时光，顽强地为世界献出一份深沉的红色，这真是"生命临终前顽强的微笑"，这是引人深思的美！

然而，在香山，这种秋风里的微笑并不是绝无仅有的。下山的时候，我和老诗人不约而同地发现了一种辉煌的色彩，那是一团耀眼的鹅黄，像一把金光灿灿的折扇，打开在一片波动的红丝绒中。等到走近时我们方才看清楚，这色彩来自一棵高大的银杏树。

江南的银杏我见得不少，那些小小的扇形的树叶绿得很有灵气。秋风起后，树叶往往不知不觉便脱尽了，只留下粗壮有劲的枝干，孤独地兀立在寒冷之中。这样金黄的银杏树叶，我还是头一次见到。和红叶不一样，这些银杏叶，竟毫无憔悴之感，从叶柄到叶面，清一色的金黄，没有半点衰老的斑驳，也没有一丝枯萎的痕迹，黄得透明，黄得清新，真有点儿像绿叶初萌时那种水灵灵的质地和色泽。

　　我愕然了。老诗人也默默地观察着这棵银杏树，久久无语。为什么它不同于江南的银杏呢？也许，香山的土地、香山的秋风有什么特别的地方？

　　又一阵风吹来，冷冷的，有点儿刺骨了。满树金叶在风中沙沙地摇动着，仿佛正回答着我的疑问，然而我听不懂，听不懂它们那神秘的语言……

　　"它们笑得更美……"老诗人轻轻地说话了，像是自言自语。

　　是的，较之这里的红叶，这些银杏叶似乎更美、更动人。这客居他乡的南方之树，在北国的寒风里骄傲地笑着，明知在世之日已经不长，却没有流露出一丝伤感和悲哀……

　　假如说，在山上我曾经有过一些遗憾的话，此刻，这种遗憾已经烟消云散了。老诗人的诗，又涌上了我的心：

　　　　那是血，那是火，
　　　　那是生命临终前顽强的微笑！

西湖秋意

一

碧云天，黄叶地……

湖波的微语，落叶的沙沙声，轻轻地协奏着一支秋的小曲。苏堤像一条青黄相间的绒带，默默地伸向水烟迷濛的湖心……

又看见西湖了！今年仲春，我到过杭州，虽然只匆匆而过，我还是赶来看望西湖了。那是一个阴晦的早晨，怅然地在湖畔站了好久，太阳突然从迷蒙的雾气中挺身而出，一下子揭开了那层神秘的面纱，把西子湖迷人的春色活灵活现地铺展在我的眼帘里——那是洋溢着青春气息的绿，是使人心悦神驰的缤纷，就连湖畔垂柳的轻轻抚弄，也让你感觉到一种欢乐的震颤。这是因春的律动、因生命的律动而引起的欢乐……

现在，是深秋了，而且时近黄昏。西湖呵，你会不会依然像春天时一样，给我充满生机的宁静，给我美的享受，给我欢乐？

踏着遍地落叶漫步苏堤，我默默打量着西湖。西湖呵，你能不能和我谈谈心？能不能告诉我，在萧瑟秋风里，你正想些什么呢？

你会不会只使我回想起那些伤感的往事？

一叶孤舟，像飘落湖心的一片枯叶，在平静的水面上缓缓地描绘着一幅苍茫的秋景。湖上飘忽着淡淡的烟霞，仿佛青灰色的透明的轻绡，笼罩着逶迤起伏的远山，使它们显得若游若定，似有似无。然而湖畔的山坡上，还是顽强地透露出几星秋的色彩，是金黄，是殷红，是在秋风里变得深沉的墨绿，还有那些使人想起遥远历史的古老屋脊……

对于眼前的西湖秋景，我很难找出一个恰当的形容词来，不尽是凄凉，不尽是寂寥，不尽是苍茫。是什么？我说不上来。我只觉得眼前的画面静谧极了，幽远极了，和谐极了。这画面中，蕴含着许多还没有为我所理解的丰富内涵。环顾湖波山色，我饱经旅途劳累的身体，连同思想和灵魂，全都陶然在诗一般画一般的秋光之中了……

蓦地，湖面掠过一只白色的水鸟。它用长长的翅膀拍击着湖波，由远而近，又由近而远。那雪白的身影在湖面划出一条优美的曲线，岛影、游船、长堤、远山，仿佛都被它串联起来，一幅静止的水彩画，顿时活了起来，动了起来……

"这是什么鸟？"我问。

"海鸥。"陪我散步的是一位从小生活在西湖畔的诗人，他的回答使我诧异。

"真是海鸥。你知道么，西湖以前是海。"他笑着补充，像吟诗。

我的想象之翼一下子被扇动起来了。是的，这里曾经是大海，是的，这里依然保存着海的气质。海有宁静的时刻，也有狂暴的时刻，然而他的深沉，他的浩瀚壮阔，谁也无法改变，这是永恒。而西湖的美，也是永远不会消失的，不管春秋交替，不管冬夏轮转，西湖总是会以她的不同的微笑，向你透露美的信息……

像海一样执着，像海一样深沉。西湖，永远保持着她的美。

二

苏堤尽头是花港。

走进花港公园，才真正看到了秋天的本色。不是凄凉和萧瑟，不是委顿和枯黄，而是火的色彩，是壮丽和辉煌——

枫叶正红。那一瓣瓣红五星般的叶片，在微风中抖动着，像一簇簇小火苗，组合成一蓬蓬巨大的红色篝火，在青色和黄色之中熊熊地燃烧着。所有的一切，山石草木，池塘楼阁，仿佛全被燃着了。我不禁想起了不久前在北京香山看到的红叶，那是满山遍野的火焰，把秋天燃烧得一片通红。我曾经惊喜得失声叫起来。此刻，面对着西子湖畔的如火红枫，虽没有在香山时的那种惊喜，却也身心为之一振。香山红叶是一种黄栌的树叶，远看红得轰轰烈烈，近看也不免有一种枯萎的感觉。红枫就不一样了，远眺近看，都一样生机盎然。红枫，是我心目中最美的植物之一，在秋天的西子湖畔，它们用自己鲜艳的色彩，向世界透露着生命的亮色，在秋风里吟诵着一首美丽的抒情诗……

依然有绿。不仅是苍松翠柏，更多是那些貌不出众的常青树木：樟、桂、黄杨、冬青……在落叶遍地的湖畔沉着地吐着绿，这是苍劲的深绿，是墨绿。最远处是一片水杉林，肃立在青沉沉的山脚下，像古人笔下的水墨画。倘若，西子湖畔春天的绿，给人清新妩媚的感觉，那么，此时的绿，应该说是庄重的，是深厚的，它使人想起人到中年以后的那种稳重和成熟……

也有花。自然是秋的皇后——菊花。在上海，刚刚参观过万卉色艳的菊展，所以，在这里傲然卓立的名种菊花并没有吸引我的注意力，倒是悄悄开放在湖畔树丛中的那些野菊花，花朵很小，然而一开就是雪白雪白的一片，热烈而又优雅，有一种桀骜不驯的野气和生机。在一个不为人注目的小土丘上，居然还长着一片红花草，玫瑰色的小花，悄然开放在绿茵茵的小圆叶中——这应该是春天的标志呵！

西湖，用她的永不枯竭的心血，用她的始终不渝的柔情，哺育着湖畔众多的生命。如今，到了秋天，到了大自然新陈代谢的季节，西湖的儿女们却依然顽强地在秋风里挥舞着手臂，为母亲唱着动人的生命之歌……

西湖，你可以因此而欣慰了。

三

大自然的规律毕竟是无法改变的。落叶，这秋的尾声、冬的序曲，依然在西湖畔不慌不忙地飘荡……

有飘零的黄叶，自然有枯秃的树木。我在树林中寻觅……

是什么使我眼睛豁然发亮：一片耀眼的金黄，彩霞一般垂挂在宁静的湖畔。这是我视野里最醒目最辉煌的色彩，西湖的黄昏也仿佛因它们而明朗起来，亮堂起来……

看清楚了，是两棵高大的梧桐。在盛夏的烈日中，它们曾用翁郁的树冠在湖畔铺展一片浓绿的阴凉，谁不赞叹它们的绿叶呢！此刻，每一片绿叶都泛出了金黄的色彩，然而它们还是紧紧依偎着枝干，在湖畔展现出另一番更为激动人心的景象。

谁能说这是衰亡和委顿呢！两棵梧桐像两位精神健旺的老人，毫无倦色，也毫无愧色地面对夕阳，面对西湖，肃然伫立着，似乎在庄严地宣告：即使告别世界，我的生命之光依然不会黯淡！

我知道，一夜秋风，也许就能扫落这满树黄叶，然而我再也不会忘记它们那粲然夺目的金黄，不会忘记它们那最后的动人微笑、最后的悲壮歌声……

在一座小土山上，终于看见一棵脱尽了叶片的树，一棵桃树，在夕照中伸展着枯瘦扭曲的枝干。

"瞧，桃树的影子。"诗人指着桃树边上一条鹅卵石路，轻轻地告诉我。

是树的影子，像一幅浓墨勾出的画，又潇洒又劲道地铺展在卵石路上，是一棵花满枝头的春天之树的影子呵！而且这影子是永远不会消失的——这条黑白相间的小路上，白的是卵石，黑的也是卵石，铺路者用黑卵石勾勒出了桃树那奇特的投影。

此举用意何在？我百思而不解。只有靠自己去理会，去想象了。

也许是一种梦境吧——是桃树的梦，也是人们的梦。在秋风里，在冬雪中，憧憬着发芽，憧憬着开花，憧憬着用新绿，用万紫千红去装点西湖的春天……

永不消失的梦境呵，每年都会有一次蓬蓬勃勃的兑现！到春天，人们大概再也不会注意这镌刻在小路上的影子了。影子边，有缤纷的花，有缀满新芽的树枝，远处的梧桐，也一定会悄悄披上绿色的新衣。影子，将融化在绿荫里……

西湖之秋，到处蕴藏着生命的力量和春天的憧憬……

晨昏诺日朗

　　落日的余晖淡淡地从薄云中流出来，洒在起伏的山脊上。在金红色的光芒中，山脊上那些松树的轮廓晶莹剔透，仿佛是宝石和珊瑚的雕塑。眼帘中的这种画面，幽远宁静，像一幅辉煌静止的油画。

　　汽车在无人的公路上疾驶，我的目标是诺日朗瀑布。路旁的树林里突然飘出流水的声音。开始声音不大，如同一种气韵悠长的叹息，从极遥远的地方飘过来。声音渐渐响起来，先是如急雨打在树叶上，嘈杂而清脆；继而如狂风卷过树林时发出的呼啸；很快，这响声便发展成震天撼地的轰鸣，给人的感觉是路边的丛林中正奔跑着千军万马，人马的嘶鸣和呐喊从林谷中冲天而起，在空气中扩散、弥漫，笼罩了暮色中的天空和山林……绿荫中白光一闪，又一闪。看见了大瀑布！从车上下来，站在路边，远处的诺日朗瀑布浩浩荡荡地袒露在我的眼底。大瀑布离公路不到一百米，瀑布从一片绿色的灌木丛中流出来，突然跌入深谷，形成一缕缕雪白的水帘，千姿百态地垂挂在宽阔的绝壁上，深谷中，飞扬起一片飘忽的水雾。也许是想象中的诺日朗太雄伟，眼前这瀑布，宽则宽矣，然而那些飘然而下的水帘显得有些单薄，有些柔美，似乎缺乏了一些壮阔的气势。只有那水的轰鸣，和我的想象吻合。那震撼天地的声响，是水流在峭壁和岩石上撞击出的音乐，这音乐雄浑、粗犷，带着奔放不羁的野性，无拘无束地在山林里荡漾回旋。

诺日朗，在藏语中是雄性的意思。当地藏民把这瀑布称为诺日朗，大概是以此来象征男子汉的雄健和激情。人世间有这样永远倾泻不尽的激情么？很想沿着林中的小路走近诺日朗，然而暮色已重，四周的一切都昏暗起来。远处的瀑布有些模糊了，在轰鸣不绝的水声中，在水雾弥漫的幽暗中，那一缕缕白森森飘动的水帘显得朦胧而神秘，使人感到不可亲近……晚上，住在诺日朗宾馆。躺在床上无法入睡，窗外飘来各种各样的声音，有风吹树叶的沙沙声，有山涧流水的哗哗声，有秋虫优美的鸣唱……我想在这一片天籁中分辨出诺日朗瀑布的咆哮，却难以如愿。大瀑布那震天撼地的声音为什么传不过来？也许是风向不对吧。

第二天清早，天刚微亮，群山和林海还在晨雾的笼罩之中，我便匆匆起床，一个人徒步去诺日朗。路上出奇得静，只有轻纱似的雾气，若有若无地在飘。忽听背后嘚嘚有声，回头一看，是两匹马，一匹雪白，一匹乌黑，正悠然自得地向我走过来。这大概是当地藏民养的马，但却不见牧马人。两匹马行走的方向也是往诺日朗，我和它们并肩而行时，相距不过一米。两匹马并没有因为遇见生人而慌乱，目不斜视，依然沉静而平稳地踱步，姿态是那么优雅，仿佛是飘游在晨雾中的一片白云和一片黑云。到诺日朗瀑布时，两匹马没有停步，也没有侧目，仍旧走它们的路，我在轰鸣的水声中目送两匹马飘然远去，视野中的感觉奇妙如梦幻。

诺日朗又一次袒露在我的眼前。和夕照中的瀑布相比，晨雾中的诺日朗显得更加阔大，更加雄浑神奇。瀑布后面的群山此刻还隐隐约约藏在飘忽的云雾之中，千丝万缕的水帘仿佛是从云雾中喷涌倾泻出来，又像是从地底下腾空而起的无数条白龙，龙头已经钻进云雾，龙身和龙尾却留在空中，一刻不停拍打着悬崖峭壁……

沿着湿漉漉的林间小道，我一步一步走近诺日朗。随着和大瀑布之间的距离不断缩短，那轰鸣的水声也越来越大，迎面飘来的水雾也越来越浓。等走到瀑布跟前时，头发、脸和衣服都湿了。这时抬头仰观大瀑布，才真正领略到了那惊天动地的气势。云雾迷蒙的天上，仿佛是裂开了一道巨大的豁口，天水从豁口中汹涌而下，浩浩荡荡，洋洋洒洒，一落千丈，在山谷中激起飞扬的水花和震耳欲聋的回声。此时诺日朗的形象和声音，吻合成一个气势磅礴的整体。站在这样的大瀑布面前，感觉自己只是漫天飘漾的水雾中的一颗微粒。我想起许多年前在雁荡山看瀑布时的情景，站在著名的大龙湫瀑布跟前，产生的联想是在看一条巨龙被钉在崖壁上挣扎。此刻，却是群龙飞舞，自由的水之精灵在宁静的山谷中合唱出一曲震撼天地的壮歌，使人的灵魂为之战栗。面对这雄浑博大、激情横溢的自然奇景，人是多么渺小，多么驯顺！

然而大瀑布跟前实在不是久留之地，因为空气中充满浓密的水雾，使人难以呼吸。赶紧往后退，退入林间小道。走出一段再往后看，诺日朗竟然面目一新：奔泻的瀑布中，闪射出千万道金红色的光芒，这是从对面山上射过来的早霞，飘忽的水雾又把这些光芒糅合在一起，缤纷迷离地飞扬、升腾，形成一种神话般的气氛……这时，远处的山路上传来欢跃的人声。是早起的游人赶来看瀑布了。

上午坐车上山时，绕过诺日朗背后的山坡，只见三面青山环抱着一大片碧绿的湖水，平静的湖水如同一块硕大无朋的翡翠，绿得透明而深邃，使人怀疑这究竟是不是水。当地的藏民把这样的高山湖泊称为"海子"。陪我来的朋友指着一湖碧水，不动声色地告诉我："这就是诺日朗。"

这就是诺日朗？实在难以把这一片止水和奔腾咆哮的大瀑布

连在一起。朋友说的却是事实。三面环山的海子有一面是长长的缺口，这正是大瀑布跌落深谷的跳台，也就是我在谷底仰望诺日朗时看到的那道云雾天外的豁口。走近海子，我发现清澈见底的湖水正在缓缓流动，方向当然是那一道巨大的豁口。这汇集自千峰万壑的高山流水，虽然沉静一时，却终究难改奔腾活泼的性格，诺日朗瀑布，正是压抑后的一次爆发和喷泻。只要这看似沉静的压抑还在，诺日朗的激情便永远不会消退。

行路难

　　行路难，行路难，多歧路，今安在？

　　李白当年由秦入蜀，走的就是这一带的路。读他的《蜀道难》，可以非常形象地想象古代蜀道的艰难险峻："上有六龙回日之高标，下有冲波逆折之回川。黄鹤之飞尚不得过，猿猱欲度愁攀援。"在成县凤凰山下的飞龙峡中，还保留着一段古栈道，这段在悬崖绝壁上开凿出的小道，宽不过二尺，稍不小心便可能失足摔进万丈深渊。这是勇敢者和探险者的道路，胆怯的人根本不可能走这样的路。据说杜甫当年常常走这条栈道，他客居同谷时，就住在离这条栈道不远的飞龙峡口。

　　当年的栈道，早已是历史的陈迹。现在，公路已经贯通了由陕西经甘肃到四川的无数高山大谷。李白走在栈道上看到的景象，今人未必都能看见了。不过，今日的这些山路，也绝不是什么"青天大道"。我这次西行采风，坐吉普车在陇南这一带山道上走了两千多公里，对行路的艰难，也算是有了一些体会。古人有古人的艰辛，今人有今人的难处。

　　我已经数不清在这一路上攀越过多少座高山。在地图上看似很近的距离，走起来却是遥遥无尽，因为要爬山。过最高的一座山是在文县境内，海拔将近三千米，吉普车在陡峭的盘山道上拐了18个弯，每一个弯道都是惊心动魄，似乎随时都可能翻车。最可怕的是下雨天，雨湿路滑还在其次，让旅人们谈虎色变的是泥石流。在这很少有绿植覆盖的山区，一场小雨就可能引起泥石流的爆发。泥石流在山中几乎是无坚不摧，它们顷刻间就能冲断桥梁，压塌公路，使山里的交通陷于瘫痪，而且三五日内难以恢复。泥石流埋葬汽车和旅人的事也时有发生。在武都县过夜时，只是下了半夜小雨，第二天就听说通向文县的山路被泥石流冲断。于是不得不住下来苦等……

在山上赶路艰难，在河边行车也不是一件轻松的事。这里的河，和江南那些清澈平缓的河流不一样，大多急流汹涌，浊浪翻卷，河水的咆哮犹如惊雷滚滚，听听那涛声就能让人心寒。河边的公路，往往是筑在悬崖峭壁边上，坐在车上往两边看，一边是压头盖脸的万丈绝壁，另一边是河，急流在很深的河谷里奔腾跌撞，就像一群发疯的巨兽在怒吼狂奔，它们可以席卷一切，吞噬一切。汽车翻到河里的事故并不是什么稀奇的新闻。在从四川流过来的白水江畔，我亲眼看到一辆运输木材的大卡车从高高的峭壁翻进急流中，年轻的司机被人救上来时，已经断了气。戳在江水中的卡车四轮朝天，司机的尸体仰面在河滩上躺着……那场面真是触目惊心。来往的司机见到这景象，都阴沉着面孔默然无声，只是把手中的方向盘握得更紧……

我坐的吉普车也冒过一次险。那是从九寨沟回来的路上，在四川和陇南交界的地段，也是凶险的白水江畔。刚刚下过一场雨，路上处处有泥石流和塌方。在最险峻的一段路上，从峭壁上塌下来的石块掩埋了大部分路面，只剩下濒临河谷的一小段，而且向外倾斜。面对这被破坏的路，真是进退两难。倘要退回去，车无法调头；若是继续往前，很可能翻进离路面几十米深的白水江。司机是一位沉稳的中年汉子，他走下车，到前面的路段默默察看了一番，回到车上也不说话，只是深深地吸了一口气，然后慢慢发动了汽车……过那段险路的情景我难以忘怀：汽车倾斜着在极窄的路上喘息，从车窗往下俯视，只见白水江浊浪翻滚的急流正扑面而来，只要重心再往外一丁点儿，车子就会翻入江中！吉普终于驶过了险段，车上的人都出了一身冷汗。停车后，司机的脸色发白，狠狠地抽了一支烟，夹烟的手指不停地颤抖……事后我问他怕不怕，他说："一车人的命都捏在我的手里呢，怎么不怕？"话音中，尚有余悸。

在山路上行车的艰难，除了源于自然的，还有人为的。

我到陇南时，正是麦收季节，凡是有麦田和村庄的地方，公路就成了农民的天然碾谷场。农民们将割下的麦子连秸带穗层层叠叠铺在公路上，把来往车辆的轮子当作脱粒机。对司机们来说，这是潜伏的灾难。路上的麦秸要是卷进车轴里，汽车抛锚算是小事，弄不好还会起火。就在我来这里前不久，一辆面包车因麦秸卷进车轴而起火，结果车毁人伤。我问司机，为什么不禁止农民这样干！司机笑着说："禁过啊，可山里人自由惯了，你禁你的，他们照干不误，总不能把路都封起来呀！"看到那些展示着丰收成果的黄澄澄的公路，汽车司机们驾车经过时无不提心吊胆。

我在山路上被堵时间最长的一次，也是人为的事故。那是在一座高山的峰顶，一辆个体运输大卡车在一段狭窄的峡道中抛锚，于是整条公路全都瘫痪，被堵的汽车排成几公里的长队。谁也不知道将在这山顶公路上等待多长时间。在车上等得无聊，我便走到出事的地段去看。抛锚的大卡车一个轮胎陷入路边的排水沟中，满载着木材的车厢便侧倒在路上，使狭窄的峡道成为一条死胡同。那倒霉的个体司机蹲在汽车边上，愁眉苦脸地抽着烟，一筹莫展，很多司机站在周围出点子。解决的办法其实很简单，只要对面来一辆大马力的卡车拖一下，就可能拉出抛锚的卡车。谁开车来拖呢？有人提出，让那抛锚的卡车司机拿出二十元钱来，给愿意开车来拖的司机作为报酬。可是那个体司机死活就是不肯掏这二十元钱。不给钱，没有司机肯干这活儿。于是大家便僵持着，一等就是三个小时。后来终于有一位"见义勇为"的卡车司机从对面山下开车上来，把抛锚的卡车拖回到路上。排除故障的过程，不过十来分钟！这时，一辆从百余里外的县城赶来排除故障的大拖车刚刚开到山顶，然而它已经无活可干了。

在山道上叹息着行路的艰难时，也有令人欣慰的时刻。这样的时刻，是修路工人们带来的。他们身上穿的金黄色背心，是山路上最鲜艳耀眼的色彩。不管山多么高，路多么险，黄背心似乎无处不在。有时候他们仿佛是从天而降，就像一团团耀眼的火苗，突然就出现在你的眼前，照得你眼睛发亮。看见这些黄背心，就会有一种安全感，尽管这里的修路工并不是无所不能。然而经常能看见黄背心的路段，往往畅通无阻。修路工人的这种金黄色工作服，据说全中国都是一样的。在城市里可能不觉得什么，可是在荒凉偏僻的山路上看到这鲜亮的金黄色，确实会精神一振。

中国是一个多山的国家，山区的闭塞、穷困和落后，很主要的原因便是交通不便。路，是山区的神经和命脉。这些年，虽然修建了很多路，可有些地方，至今仍没通公路。即使有路，也只是狭窄陡峻的小路。如果没有畅通无阻的铁路和公路，贫穷山区要实现经济起飞完全是一句空话。

行路难，行路难，何时大道如青天，遂使天下旅人开心颜？

周庄水韵

一支弯曲的木橹，在水面上一来一回悠然搅动，倒映在水中的石桥、楼屋、树影，还有天上的云彩和飞鸟，都被这不慌不忙的木橹搅碎，碎成斑斓的光点，迷离闪烁，犹如在风中漾动的一匹长长的彩绸，没有人能描绘它朦胧炫目的花纹……

有什么事情比在周庄的小河里泛舟更富有诗意呢？小小的木船，在窄窄的河道中缓缓滑行，拱形的桥孔一个接一个从头顶掠过。贞丰桥、富安桥、双桥……古老的石桥，一座有一座的形状，一座有一座的风格，过一座桥，便换了一道风景。站在桥上的行人低头看河里的船，坐在船上的乘客抬头看桥上的人，相看两不厌，双方的眼帘中都是动人的景象。

周庄的河道呈井字形，街道和楼宅被河分隔。然而河上有桥，石桥巧妙地将古镇连缀为一体。据说，当年的大户人家，能将船划进家门，大宅后院，还有泊船的池塘。这样的景象，大概只有在威尼斯才能见到。一个外乡人，来到周庄，印象最深的莫过于这里的水，以及一切和水连在一起的景物。

我曾经三次到周庄，都是在春天，每一次都坐船游镇，然而每一次留下的印象都不一样。第一次到周庄，正是仲春，那一天下着小雨，古镇被飘动的雨雾笼罩着，石桥和屋脊都隐约出没在飘忽的雨雾中，那天打着伞坐船游览，看到的是一幅画在宣纸上的水墨画。第二次到周庄是初春，刚刚下过一夜小雪，积雪还没有来得及将古镇覆盖，阳光已经穿破云层抚摸大地。在耀眼的阳光下，古镇上到处可以看到斑斑积雪，在路边、在屋脊、在树梢、在河边的石阶上，一摊摊积雪反射着阳光，一片晶莹斑斓，令人目眩。古老的砖石和清新的白雪参差交织，黑白分明，像是一幅色彩对比强烈的版画。在阳光下，积雪正在融化，到处可以听见滴水和流水的声音，小街的屋檐下在滴水，石拱桥的栏杆和桥洞在淌水，小河的石河沿上，往下流淌的雪水仿佛正从石缝中渗出来。细细谛听，水声重重叠叠，如诉如泣，仿佛神秘幽远的江南丝竹，裹着万般柔情，从地下袅袅回旋上升。这样的声音，用人类的乐器永远也无法模仿。

最近一次去周庄也是春天，然而是在晚上。那是一个温暖的春夜，周庄正举办旅游节，古镇把这天当成一个盛大节日。古老的楼房和曲折的小街缀满了闪烁的彩灯，灯光倒映在河中，使小河变成一条色彩斑斓的光带。坐船夜游，感觉是进入梦境。船娘是一位三十岁的农妇，以娴熟的动作，轻松地摇着橹，小船在平静的河面慢慢滑行，我们的身后，船的轨迹和橹的划痕留在水面上，变成一片漾动的光斑，水中倒影变得模糊朦胧，难以捉摸。小船经过一座拱桥时，前方传来一阵音乐，水面也突然变得晶莹剔透，仿佛是有晃荡的荧光从水下射出。船摇过桥洞，才发现从旁边交叉的水道中划过来一条张灯结彩的花船，船舱里，有几个当地农民在摆弄丝弦。还没等我来得及细看，那花船已经转了个弯，消失在后面的桥洞里，只留下丝竹管弦声，在被木船搅得起伏不平的河面上飘绕不绝……我们的小船划到了古镇的尽头，灯光暗淡了，小河也恢复了它本来的面目，平静的水面上闪烁着点点星光。从河里抬头看，只

周庄水韵

093

见屋脊参差，深蓝色的天幕上勾勒出它们曲折多变的黑色剪影。突然，一串串晶莹的光点从黑黝黝的屋脊上飞起来，像一群冲天而起的萤火虫，在黑暗中划出一道道暗红的光线。随着一声声清脆的爆炸声，小小的光点变成满天盛开的缤纷礼花，天空和大地都被这满天焰火照得一片通明。已经隐匿在夜色中的古镇，在七彩的焰火照耀下面目一新，瞬息万变，原本墨一般漆黑的屋脊，此时如同被彩霞拂照的群山，凝重的墨线变成了活泼流动的彩光。最奇妙的，当然是我身畔的河水，天上的辉煌和璀璨，全都落到了水里，平静幽深的河水，顿时变成了一条摇曳生辉、七彩斑斓的光带。随焰火忽明忽暗的河畔楼屋倒映在水里，像从河底泛起的一张张仰望天空的脸，我来不及看清楚他们的表情，他们便在水中消失，当新的一轮焰火在空中盛开时，他们又从遥远的水下泛起，只是又换了另一种表情。这时，从古镇的四面八方传来惊喜的欢呼，天上的美景稍纵即逝，地上的惊喜却在蔓延……

　　我很难忘记这个奇妙的夜晚，这是一个梦幻一般的夜晚，周庄在宁静的夜色中变得像神奇的童话，古镇幽远的历史和缤纷的现实，都荡漾在被竹篙和木橹搅动的水波之中。

忆婺源

去婺源，是好几年前的事情了。回来总想为它写一点儿什么，但一直没有写出来。倒不是无话可说，而是舍不得清理藏在记忆中的那种朦胧美妙的感觉。

婺源，从前在我的心中就不是一个生疏的名字，因为，知道婺源出绿茶，"婺绿"，在中国绿茶中也算是很出名的一种。曾经在上海的龙华庙会上看到过来自婺源茶道表演队表演过"农家茶"，穿着蓝印花布衣衫的农家女手执大茶壶，将绿色的茶汤注入青花瓷碗，古风盎然。所以未到婺源，已经闻到婺源的清香。

婺源地处赣东北，与安徽和浙江交界，历史上曾为"吴楚分源"，是吴国和楚国的交界地，曾属安徽歙县。那次去婺源是取道景德镇，乘飞机到景德镇，再从景德镇坐汽车到婺源。一路上，只见山清水秀，简朴的农舍掩隐在林荫中，山林间炊烟飘绕。这样的风景，使我想起唐诗和宋词，那些古代诗人吟咏过的自然。如"青山行不尽，绿水去何长""花染山色里，柳卧水声中""闲上山来看野水，忽于水底见青山"……最传神的，还数王维的诗句："空山不见人，但闻人语响""啼鸟忽临涧，归云时抱峰"。总之，映入眼帘的，都是清新和自然，是带着一种古朴情调的景色。没有厂房和烟囱，没有不伦不类的高楼，青山脚下的村落都保持着古时的风格，白墙黑瓦，屋脊屋檐上多有当地特有的装饰。而铺在村落之间的石板路，更是让人联想起古人的足迹。古人在千百年前写的诗句，竟然和现代人看到的风景差不多。在婺源，到处可以看到这样没有被破坏被污染的山林田园。婺源的迷人之处，大概正在这里。在喧嚣的都市中，这样的景象连梦中都是不敢奢望出现的。

文公山，在婺源人的心中有特殊的地位。因为，在这座不算太高的小山上，埋葬着朱熹的祖宗。古墓都是差不多的，令人印象深刻的是山上那片古杉林。这些高数十米的参天大树，经历了无数个大自然的春夏秋冬，也经历了人世间的沧桑变迁。大树曾经被砍伐，在山坡上可以看到残存的树桩。但是更多的古杉活了下来，它们挺立在山巅，挺立在天地之间，为婺源人守护着一方圣地。千年古杉挺拔参天，红色的树干数人无法合抱。站在树底下仰望，只见树冠直入云天。天地之间的生命，刚强如此，威武如此，坚韧如此，大概很少有什么能和这些参天大树相比。看这些古老的大树，使我联想起宋人范宽的《溪山行旅图》，虽然没有范宽画中的巍峨大山，但树的姿态恰如范宽所绘。据说山上的坟墓中埋着的，是朱熹的四世祖。这位明代大知识分子的祖先，曾经在这里生活，当地人都以此为荣。如果不是后来出了大学者朱熹，他这位老祖宗的坟墓是不会有多少人来过问的。身后的显要，是托了后辈的福，也是一种有趣的现象。山门前的小屋中住着一位看山的老人，姓陈名赣英，他默默地带我们上山，陪同的当地朋友作介绍时，他总是站在一边听着，脸上是一种沉静的表情。我问他，守着这样一座山，是不是很寂寞，他嘿然一笑道："山上有树，树上有鸟，热闹得很。"他说的"热闹"，当然不是城市人群里的热闹，而是美妙的天籁之声。风从山上掠过时，林涛起伏，每一片古杉的枝叶都会吟哦作声，而树上的鸟鸣，是歌喉永不暗哑的林中合唱队。在我们说话的时候，从不远的一棵树上传来一阵鸟叫，仿佛是西洋歌剧中的花腔女高音，穿云破雾，在低沉的林涛上空飞旋，千啼百啭。谁也叫不出这是什么鸟，但那奇妙的鸣唱，令我惊奇。离开文公山时，我的脑海里盘桓着这样一个念头：山上那座石砌的坟墓会逐渐被我淡忘，而山坡上那片古杉林，却将郁郁葱葱地活在记忆中。以后如有机会再看范宽的画，在那些色彩灰暗的画面中，也许会传出在此地感受到的奇妙天籁，那轰鸣不息的林涛，那飞旋啼啭的鸟鸣……

婺源历史上出过不少名人，有古时流落在民间的皇亲国戚，也有现代的文人和政治家。对婺源人来说，这些当然都是无形的财富，是吸引旅游者的资源。但是更能吸引人的，应该是这里的天光水色，是人和自然在天地间能够亲昵和谐的环境。

那天早晨，坐车去虹关古村，汽车沿星江边的公路行驶。因为起得早，地面上的晨雾还没有散尽，地平线上的远山犹如青紫色的剪影，贴在灰蓝色的天上，飘忽的晨雾在大地和远山间弥漫，使晨光中的山影显得神秘迷蒙，似真似幻。而此时的江面波平如镜，水中倒映着天上的彩霞和天边的山影，斑斓瑰丽，清晰如画。给人的感觉，天地间的光明，不是来自天上，而是来自水中。我想象夜色中的星江，满天繁星撒落在水中，星光闪烁的江面一定更为奇妙。星江不是一条阔大的江河，江水大概也不会太深，有的河段可以看到水底的岩石露出江面。旭日跃出东方时，水中的倒影消失了。也许是起了微风，江面泛起一道道细微的波纹。随着太阳升高，我发现水面上出现了极奇怪的景象，每一簇波纹上，都有几丝曲线在晃动，似乎有无形的气流从江底下升起，又像是从空中垂下了无数条丝线，正在把江水往天上拽。原本平心静气的星江，就是被这些无形的丝线牵动，开始心旌摇荡，平静的江面闪动起万点粼光。这时，星江变成了一条金光闪耀的飘带，在大地和天空之间起伏、荡漾，飘忽如梦，仿佛随时会和天空融为一体。这是非常奇妙的景象，在其他地方，我再也没有看到这样的江河。

那天上午到了虹关古村。村里保存着很多明清古宅，古宅的大门，都以石条为框。上海的"石库门"建筑，名称据说就是来源于此，而上海石库门住宅的门框，也和这里的石条门框差不多。古村中人丁兴旺，现代的生活正在古老的屋顶下繁衍。古村居民中多詹姓，据说这里就是詹天佑的故乡。我们穿过古村曲折幽深的街巷，脚步声在古老的石板路上回荡。

而古村在我的记忆中印象最深刻的，却是村外那棵古老的樟树。这是我见过的最大一棵樟树，树干巍然如岩柱，五六人无法合抱。树上的枝杈像一条条巨蟒在空中游动，擎起头顶上绿云一般的巨大树冠。说它的树冠如一片绿云，一点儿也不夸张，它投在地上的树荫足可供数百人乘凉。这棵古樟，经历了宋、元、明、清，是活着的老古董，自然和人世的沧桑变迁，都曾在它的俯瞰下发生。能在这人口稠密的平原上历经千年而存活至今，并且生长得蓬勃葳蕤，虽高龄而不衰老，这是生命的奇迹。当地有人告诉我，在婺源，能找到很多古樟树，但虹关古村外的这棵樟树，可以称之为樟树之王。

晓村，在婺源是一个普普通通的村庄。村庄坐落在河边，村里有逶迤的石板路，有经历了几个朝代的老屋。在那些依然人丁兴旺的老宅中，能看到一二百年前的木雕窗栏和门楣，刀工的灵动和精致令人叹为观止。古代人对美的追求，在那些木雕艺术中可窥一斑，他们追求的是艺术和日常生活的融合。

在晓村，吃了一顿难忘的午餐。我们没有上饭馆，而是在一个农家宅院里和当地的村民一起聚餐。正是暮春时节，饭桌摆在一个临河的大露台上，八仙桌、长条凳、青花碗、毛竹筷。盘子里装着的是农家菜，竹笋、青菜、土豆、红烧肉、咸菜鱼、白煮红薯和芋头。杯子里倒的是当地人自酿的桂花陈酒。正午的日光照在湖面上，闪耀着万点金鳞，江对岸的青山倒映在湖中，随湖波漾动。湖光流溢，水声入耳，婺源人的热情和身边的自然一样动人。

那天喝得微醺之后，一个人在湖畔散步。湖滩上，是被湖水磨得溜光的卵石。我发现，在卵石中，有一些青花瓷的碎片，看瓷片上的青色花纹，颇有古意。随手捡起几片，在阳光下欣赏瓷片上的花纹，有山水，有花树，虽只是残片局部，但能感觉那笔墨的自由和灵动。一个盘子的残片底部有字，仔细一看，竟是"雍正年制"。粗粗一算，也是近三百年前的文物了。

此刻，那几片青花瓷碎片正摊列在我的案头。瓷片上釉彩温润，青色花纹在灯光里有些迷蒙。记忆中的婺源风光一一涌上心来，和青花碎片上的花纹奇妙地重合，重合成一幅幅意韵悠长的山水国画。

忆婺源

人生妙境

　　人生的美妙境界是什么？

　　这个问题也许并不那么简单。但在我，却可以毫不犹豫地回答：是沉醉在优美的音乐之中。当无形的音符在冥冥之中翩然起舞，汇成激动人心的旋律把你包围，把你笼罩，把你淹没时，你会忘记世间的烦恼。你的心会变成鸟，轻盈地飞翔在音乐构成的天空；你的灵魂会变成鱼，自由自在地游弋于音乐汇成的河流中……你会融化在音乐中，仿佛自己也化成了音符，化成了音乐的一部分。音乐会使你微笑，使你流泪，使你不由自主地发出深深的叹息，这一切都令人陶醉。音乐像大热天里的丝丝凉雨，轻轻地掸落那漂浮在你心里的灰尘……

　　音乐无求于你，它只是在空中鸣响。假如你的听觉和心灵之间有一根弦渴望着被拨动，那么，音乐就会变成许多灵巧的手指，把你的心弦弹拨，于是，你的心中便会有绵绵不绝的美妙回响……

　　当然，音乐，是一个内涵极为丰富的大范畴，个人的兴趣不可能包罗万象。不同的人心目中会有不同的美妙音乐。如果说，凡是音乐便能使我陶醉，那显然荒唐。我喜欢西方古典音乐，譬如，巴赫的庄重安详，贝多芬的热情雄浑，莫扎特的优美典雅，肖邦的飘逸忧伤，柴可夫斯基的深沉委婉……我的心弦无数次地在他们的音乐中颤动。这些音乐，是人类的智慧和感情的最美丽的结晶。作曲家将人类的高尚理想和美好情绪转换成了旋律，这样的旋律无疑是音乐中的精华。我以为，就这一点来看，这些伟大的古典音乐家的成就已经到了登峰造极的程度，就像中国人用五言或七言来作诗，想要超过李白、杜甫他们一样的不易。我的观念也许陈旧，但我无法改变它。对那些嘈杂的所谓现代音乐，我怎么也喜欢不起来，它们使我烦躁。我理解中的好音乐应该使人宁静，引人走向美妙的境界。这样的境界在你的人生经历中也许曾出现过，音乐便使你重温这些境界；这样的境界也许只是你的幻想，只是你的梦，你在生活中不可能抵达这境界，而音乐使你的美梦成真。

童年时代做过很多梦，其中最强烈最执着的一个，便是想有朝一日成为音乐家。然而这种向往始终只是一个梦，可望而不可即。

童年时对音乐的迷恋非常具体，那就是对乐器的迷恋。那些拥有乐器并且能熟练地演奏它们、以此来倾吐丰富的内心情感的人，曾是我心目中幸运而又幸福的人。那时最令我讨厌的事情是跟大人去商店购物，当大人们在货架上兴致勃勃挑选商品，而我只能在一边等着，那真是索然无味到了极点。但有一种商店我却是心驰神往，永远不会讨厌，毫无疑问，那是乐器铺。不管是卖新乐器的商店还是寄售乐器的旧货商店，我都是百观而不厌。欣赏着橱窗里的提琴、手风琴、小号、圆号、长笛、黑管、吉他，仿佛是看到了童话中的神灵，尽管它们一个个默然无语，但我可以一一想象出属于它们的悦耳动听的声音。假如在店堂里遇上几个前来选购乐器的顾客，那简直可以使我心花怒放。选购者调试乐器奏出的乐声，在我听起来真是美妙无比的音乐，哪怕只是用手指在小提琴或吉他的弦上弹拨几下，那声音也会在店堂里发出悠长神奇的回响，使我心迷神醉。

第一次接触的乐器是口琴。那是一个亲戚送给我的一把旧口琴，其中还断了几根簧片，它成了我的宝贝。当我摸索着用它吹奏出断断续续的曲调时，兴奋得手舞足蹈。上小学后，父亲为我买了一把新的国光牌口琴。记得曾在学校的联欢会上表演过口琴独奏，当听到同学们的掌声时，心里不免有几分得意。后来觉得口琴太小儿科，一心想学拉小提琴。然而小提琴比口琴昂贵得多，要想得到一把不那么容易，只能站在乐器铺的柜台前"望琴止渴"。读初中的时候，终于有了一把小提琴。我的哥哥用他工作后第一次领到的工资为我买了这把提琴，花了十二元钱，在当时这可不算个小数目。这是一把没有牌子的旧提琴，被岁月熏成棕黑色的琴面上有一条裂缝，弓上的马尾鬃断了四分之一。它的音色却出奇地洪亮，远非那些光可鉴人的新提琴所能相比。收到哥哥的这件礼物时，我的激动和兴奋是难以用言辞表述的，从来没有一件礼物曾给我带来那么多的欢乐。记得当时刚读过波兰作家显克微支的短篇小说《少年扬科》，小说中那个酷爱音乐的孩子因为摸了一摸主人的小提琴，竟被活活地打死。我觉得，假如和那个不幸的波兰孩子相比，我简直是一个幸运的大富翁了。我的周围没有人能教我拉琴，但这并不妨碍我在那四根银弦上倾诉我对音乐的渴望和热爱。后来到崇明岛插队落户时，在我简单的行囊中就有这把老提琴。在那一段孤独、艰苦的岁月中，这把老提琴和许多书籍一样，成了我的忠实亲切的朋友，为苍白的生活增添了些许色彩。

我和音乐的缘分只是到此为止。我只能以一个爱好者的身份在音乐的殿堂门口流连。被束之高阁的口琴和提琴只能勾起我对童年时代的回忆，回忆起当年想成为音乐家的那个美丽而又缥缈的梦。当我老态龙钟的时候，这些回忆依然会清晰如昨，把我带回到一生中最富有诗意的时光……

不过，音乐作为人生旅途上的一个朋友，它从来没有抛弃过我。当我需要它的时候，它总是翩然而至，只要打开录音机，只要在音乐厅里坐下来，它就会一如既往地把我笼罩，把我淹没，荡涤我心中的烦躁，把我引进一个又一个新的奇妙无比的境界。

我曾经写过不少和音乐有关的诗文，但我更喜欢俄罗斯诗人阿赫玛托娃写给肖斯塔科维奇的那首题为《音乐》的诗，她把对音乐的感受表达得如此深刻形象而又简洁凝练，使我忍不住抄录下来作为我这篇短文的结尾：

> 神奇的火在它体内燃烧，
> 它的目光闪烁出无数变幻，
> 当别人不敢走近我的时候，
> 唯独它敢来跟我说话。
> 最后一个朋友也把目光移开，
> 那时，它会在墓中为我做伴，
> 它像第一声春雷放声歌唱，
> 又像所有的花朵同时在交谈。

青 春

世界上，还有什么字眼比青春这两个字更动人，更富有魅力？

青春是早晨的太阳，她容光焕发，灿烂耀眼，所有的阴郁和灰暗都遭到她的驱逐。

青春是江河里奔涌的激浪，天地间回荡着他澎湃的激情，谁也无法阻挡他寻求大海的脚步。

青春是一只高飞在天的鸟，她美丽的翅膀像彩色的旗帜，召唤着理想，憧憬着未来。

青春是一棵枝叶葳蕤的树，他用绿色光芒感染着所有生灵，使春天的景象常留在人间。

青春是一支余韵不绝的歌，她把浪漫的情怀和严峻的现实交织在一起，拨动每一个人的心弦。

青春是蓬蓬勃勃的生机，是不会泯灭的希望，是一往无前的勇敢，是生命中最辉煌的色彩……

当我写着上面这些文字的时候，我觉得自己的心跳在加快，无数年轻时代的往事浮现在记忆的屏幕上。

是的，青春总是和年轻连在一起。年轻人可以骄傲地大声宣布：青春属于我们。一个人，从出生，经历过婴儿、童年、少年、青年和中年，最后进入老年，这是铁定的自然规律，没有任何力量能改变这样的规律。在人的生命中，青年只是其中一个阶段。青春，难道只属于这个阶段？当发现自己鬓发染霜，肢体再不像从前那样灵活，眼睛也不像从前那样锐利明亮时，青年时代便已经成为过去。这时，青春是不是也已经如黄鹤一去不回，只留下和青春有关的回忆，安慰日渐衰老的心？

然而青春并不仅仅是一种物质，它更是一种精神。在青年人的生活中，我感受着青春的活力，在很多中年人和老人的思想中，我也感受到青春的魅力。八年前，我去看望冰心，我和她谈了一个多小时，谈文学，谈人生，也议论社会问题，展望未来的中国。和她谈话，使我忘记了她是一个九十岁的老人，因为，她的感情真挚，思想犀利，她的精神状态中没有一点陈腐和老朽。从冰心的家里回来，我曾写过这样的诗句："只要心灵不老，只要思想年轻，青春就不会离你远去。"

是的，心灵的衰老与否，决定了青春的归宿。最可怕的，是未老先衰，青春的容颜下面，潜藏着消沉衰老的心。最可贵的，是老年壮心，虽然鬓发染霜，却常存着进取之心。哀莫大于心老。

青春是人类共同的财富，但愿所有的人都能拥有她。

活 力

活力是什么？

活力是春天的雨丝，它落到哪里，哪里就萌生绿芽；它飘到哪里，哪里就绽开花朵。

活力是夏日的雷电，它在哪里出现，哪里的黑暗就被撕裂；它在哪里炸响，哪里的沉闷就被驱逐。

活力是秋天的大风，它吹到哪里，哪里就滚动成熟的波浪；它扫到哪里，哪里就脱落了腐朽和衰败。

活力是冬天的阳光，它照到哪里，哪里就荡漾起春天的暖意；它洒到哪里，哪里就一展生命的开朗和辽阔……

火山喷发，海潮汹涌，江河奔流……雄鹰振翅，骏马扬蹄，长鲸舞鳍……大自然到处都在展示生机勃勃的活力。

看到高山就向往攀登的人，活力奔流在他沸腾的血液中。

从不向困境低头求饶的人，活力凝聚在他坚定的脚步里。

永远高举着理想之旗的人，活力飞扬在他追寻的旅途上。

心胸开阔，目光远大，活力会与他结成良伴；锲而不舍，不屈不挠，活力会随他远行。

真正的活力，只属于那些热爱生活、热爱生命的人。

拥有活力是多么好！拥有活力的生命，能创造出世界上最壮美动人的奇迹。

活

力

日晷之影

影子在日光下移动，
轨迹如此飘忽。
是日光移动了影子，
还是影子移动了日光？

———题记

　　我梦见自己须髯皆白，像一个满腹经纶的哲人，开口便能吐出警世的至理格言。我张开嘴巴，却发不出一点声音。

　　我走得很累，坐在路边的石头上轻轻地喘息，我的声音却在寂静中发出悠长的回声。

　　时间啊，你正在前方急匆匆地走，为什么，我永远也无法追上你？

　　时间是不是一种物质？说它不是，可天地间哪一件事物与它无关？说它是，它无形无色无声，谁能描绘它的形状？

　　说它短促，它只是电光火石般的一个瞬间。然而世界上有什么事物比它更长久呢，它无穷无尽，可以一直往上追溯，也可以一直往下延续，天地间永远没有它的尽头。

说时间如流水，不错，水在大地上奔流，没有人能阻挡它奔腾向前。然而水流有干涸的时候，时间却永不停止它的前行。说时间如电光，不错，电光一闪，正是时间的一个脚步。电光闪过之后，世界便又恢复了它的沉寂和黑暗。那么，时间究竟是闪烁的电光，还是沉寂和黑暗？

我们为时间设定了很多标签，秒，分，小时，天，月，旬，年，世纪……对于人类来说，每一个标签都有特定的意义，因为，在这个时刻，发生了对于某些人具有特殊意义的事件，比如某个人诞生，某一场战争爆发，某一个时代开始……然而对于时间来说，这些标签有什么意义呢？一天，一个月，一年，一个世纪，在时间的长河中都只能是一滴水、一朵浪花、一个瞬间。

再伟大的人物，在时间面前，都会显得渺小无能。叱咤风云的时候，时间是白金，是钻石，灿烂耀眼，光芒四射。然而转瞬之间，一切都已经过去，一切都变成了历史。

根据爱因斯坦的假设，如果能以光的速度奔跑，我就能走进遥远的历史，能走进我们的祖先曾经生活过的世界。于是，我便也能以现代人的观念，改写那些已经写进人类史册的历史，为那些黑暗的年代点燃几盏光明的灯火，为那些狂热的岁月泼一点清醒的凉水。我也能想办法改变那些曾经被扭曲被冤屈的历史人物的命运，取消很多人类的悲剧。我可以阻止屈原投江，解救布鲁诺出狱，我可以使射向普希金的子弹改变方向，也能使希特勒这个罪恶的名字没有机会出现在世界上……

然而我也不得不自问，如果我改变了历史，改变了祖先们的命运，那么，这天地之间还会不会有我此刻所处的世界，还会不会有我这样一个人？

我想，我永远也不可能以光速奔跑，我的同类，我的同时代人，我的后代，大概都不可能这样奔跑。所以我不可能改变历史，而且，我并不想做一个能改变历史的好汉。爱因斯坦也一样，他再聪明伟大，也无法改变已经过去的历史。即使他能以光速奔跑。

在乡下插队时，有一次干活休息，我一个人躺在一棵树下，斑驳的阳光透过树叶的缝隙照在我的身上。我的目光被视野中的一条小小的青虫吸引，它正沿着一根细而软的树枝，奇怪地扭动着身体，用极慢的速度往上爬。在阳光的照射下，它的身体变得晶莹透明。可以想象，对它来说，做这样的攀登是何等艰难劳累。小青虫费了很多时间，攀登到了树枝的顶端，再也无路可走。这时，一阵风吹来，树枝摇晃了一下，小青虫被晃落在地。这可怜的小虫子，费了这么多时间和气力，却因为瞬间的微风而功亏一篑。我想，我如果是这条小青虫，此刻将会被懊丧淹没。小青虫在地上挣扎了一会儿，又慢慢在地上爬动起来，我想，它大概会吸取教训，再也不会上树了。我在树下睡了一觉，醒来的时候，发现那条小青虫竟然又爬到了原来那根细树枝上，它还是那样吃力地扭动着身体，慢慢地向上爬……这小青虫使我吃惊，我怎么也不明白，是什么力量使它如此顽强地爬动，是什么原因使它如此固执地追寻那条走过的路，它要爬到树枝上去干什么？然而小虫子的执着却震撼了我。这究竟是愚昧还是智慧？

这固执坚韧的小青虫使我想起了希腊神话中的西西弗斯。西西弗斯死后被打入地狱，并被罚苦役：推石上山。西西弗斯花费九牛二虎之力，将一块巨石推到山顶，巨石只是在山顶作瞬间停留，又从原路滚落下山。西西弗斯必须追随巨石下山，重新一步一步将它推上山顶，然后巨石复又滚落，西西弗斯又得开始为之拼命……这种无效无望的艰苦劳作往复不断，永无穷尽。责令西西弗斯推石的诸神以为这是对他最严厉的惩罚。西西弗斯无法抗拒诸神的惩罚，然而推石上山这样一件艰苦而枯燥的工作，却没有摧垮他的意志。推石上山使他痛苦，也使他因忙碌辛劳而强健。有人认为，西西弗斯的形象，正是人类生活的一种简洁生动的象征，地球上的大多数人，其实就是这样活着，日复一日，重复着大致相同的生活。那么，我们生活的世界难道就是一个地狱？当然不是。加缪认为，西西弗斯是快乐而且幸福的，他的命运属于他自己，他推石上山是他的事情。他为把巨石推上山顶所作的搏斗，本身就足以使他的心里感到充实。

西西弗斯多像那条在树枝上爬动的小青虫。将时光和精力全部耗费在无穷的往返中，耗费在意义含混的劳役里，这难道就是人生的缩影？

我当然不愿意成为那条在树枝上爬动的小青虫，也不希望成为永远推着巨石上山的西西弗斯。我只想做一个普通的人，按自己的心愿生活。可是，我常常身不由己。

人是多么奇怪，阴霾弥漫的时候盼望云开日出，盼望阳光普照大地，晴朗的日子里却常常喜欢天空飘来云彩遮住太阳。黑暗笼罩天地的时候，光明是何等珍贵，一颗星星，一堆篝火，一点豆火，都会是生命的激素，是饥渴时的面包和清泉，是死寂中美妙无比的歌声，是希望和信心。如果世界上消失了黑夜，那又会怎么样呢？那时，光明会成为诅咒的对象，诗人们会对着太阳大喊：你滚吧，还我们黑夜，还我们星星和月亮！我们的祖先早已对此深有体验，后羿射日的故事，大概不是凭空杜撰出来的。

　　造物主给人类一双眼睛，我们用它们看自然，看人生，用它们观察世界上发生的一切事情。我们也用它们表达情感，用它们笑，用它们哭——多么奇妙，我们的眼睛会流出晶莹的液体。

　　婴儿刚从母体诞生时，谁也无法阻止他们的哇哇啼哭。他们不在乎任何人的看法，放开喉咙，无拘无束，大声地哭，泪水在他们红嫩的小脸上滚动，嘹亮的哭声在天地间回荡。哭，是他们给这个迎接他们到来的世界的唯一回报。

　　婴儿为什么哭？是因为突然出现的光明使他们受了惊吓，是因为充满空气的世界远比母亲的子宫寒冷，还是因为剪断了连接母体的脐带而疼痛？不知道。然而可以肯定，此时的哭声，没有任何悲伤的成分。诗人写诗，把婴儿的啼哭比作生命的宣言，比作人间最欢乐纯真的歌唱，这大概不能说错。而当婴儿长成孩童，长成大人后，有谁能记得自己刚钻出娘胎时的哭声，有谁能说清楚自己当时怎样哭，为什么而哭。诗人们自己也说不清楚。无助无知的婴儿，哭只是他们的本能。我们每个人当初都曾经为这样的本能大声地、毫不害羞地哭过。没有这样的经历，大概不能成为一个真正的人。

　　当我们认识了世事，积累了感情，有了爱憎，当我们开始在意自己的形象和表情，哭，就成了问题。哭再不可能是无意识的表情，眼泪和悲哀、忧伤、愤怒、欢乐联系在一起。有说姑娘的眼泪是金豆子，也有说男儿有泪不轻弹，流眼泪，成了生命中的严重事件。

　　人人都经历过这样的严重事件。我想，当我的生活中消失了这样的"严重事件"，当我的眼睛失去了流泪的功能，我的生命大概也就走到了尽头。

心灵为什么博大？因为心灵在成长的过程中，经历了无数细微的情节，它们积累、沉淀，像种子在灵魂深处萌芽、生根、长叶，最终会开出花朵。把心灵比作田地，心田犹如宽广的原野，情感和思索的种子在这原野里生生灭灭，青黄相接，花开不败。我们视野中的一切，我们思想中的一切，我们所有的喜怒哀乐，都在这辽阔无边的原野中跋涉驰骋。

生命纵然能生出飞舞的翅膀，却无法飞越命运的屏障，无法飞越死亡。我们只是回旋在受局限的时空里，只是徘徊在曲折的小路上。对于个人，小路很短，尽头随时会出现。对于人类，这曲折的小路将永无穷尽。

活着，就往前走吧。我不知道前面会出现什么，但我渴望知道，于是便加快脚步。在天地之间活相同的时间，走的路却可能完全不同，有人走得很远，看见很多美妙的景色，有的人却只是幽囚于斗室，至死也不明白世界有多么辽远阔大。

我常常回过头来找自己的脚印，却无法发现自己走过的路在哪里，无数交错纵横的脚印早已覆盖了我的足迹。

仰望天空，我永远也不会感到枯燥和厌倦。飞鸟划过，把自由的向往写在天上。白云飘过，把悠闲的姿态勾勒在天上。乌云翻滚时，瞬息万变的天空浓缩了宇宙和人世的历史，瞬间的幻灭，演示出千万年的动荡曲折。

最神奇的，当然是繁星闪烁的天空。辽阔，深邃，神秘，无垠……这些字眼，都是为夜空设置的。人间的神话，大多起源于这可望及而不可穷尽的星空。仰望夜空时我常常胡思乱想，中国的传说和外国的神话在星光浮动的天上融为一体。

嫦娥为了追求长生而投奔月宫，神女达芙妮为了摆脱宙斯的追求变成了一棵月桂树。嫦娥在月宫里散步时走到了达芙妮所变的月桂树下，两个同样寂寞的女神，她们会说些什么？

周穆王的八骏马展开翅膀腾云驾雾，迎面而来的，是赫利俄斯驾驭着那四匹喷火快马曳引的太阳车，中国的宝驹和希腊的神马在空中擦肩而过，马蹄和车轮的轰鸣惊天动地……

射日的后羿和太阳神阿波罗在空中相遇，是弓剑相见，还是握手言欢？

有风的时候，我想起风神玻瑞阿斯，他拍动肩头的翅膀，正在天上呼风唤雨，呼啸的大风中，沙飞石走，天摇地撼。而中国传说中的风姨女神，大概也会舞动长袖来凑热闹，长袖过处，清风徐来，百鸟在风中飞散，落花在风中飘舞……我由此而生出奇怪的念头：风，难道也有雌雄之分？

在寂静中，我的耳畔会出现《荷马史诗》中描绘过的"众神的狂笑"，应和这笑声的，是孙悟空大闹天宫时发出的漫天喧哗……

有时候，晴朗的夜空中看不见星星。夜空漆黑如墨，深不可测。于是想起了遥远的黑洞。

黑洞是什么？它是冥冥之中一只窥探万物的眼睛。它目力所及的一切，都会无情地被它吸入，消亡在它无穷无尽的黑暗里。也许，我和我的同类，都在它的视线之内，我们都在经历被它吸入的过程。这过程缓慢而无形，我们感觉不到痛苦，然而这痛苦的被吸入过程正在有条不紊地进行。

那么，那些死去的人，大概是完成了这样的痛苦。他们离开世界，消失在黑洞中。活着的人们永远也无法知道他们被吸入黑洞一刹那的感觉。

发现了黑洞的霍金坐在轮椅上，他仰望星空的目光像夜空一样深不可测。

宇宙的无边无际，我从小就想不明白，有时越想越糊涂。天外有天，天外的天外的天又是什么？至于宇宙的成因，就更加使我困惑。据说，在极遥远的年代，宇宙产生于一次大爆炸，这威力巨大的爆炸使宇宙在瞬间膨胀了无数亿倍。今天的宇宙，仍在这膨胀的过程中。爱因斯坦的广义相对论为这样的爆炸和膨胀说提供了依据。

　　于是坐在轮椅上的霍金说话了："假如暴胀宇宙论是正确的，宇宙就包含有足够的暗物质，它们似乎与构成恒星和行星的正常物质不同。"

　　暗物质，也就是隐形物质，据说它们占了宇宙物质的百分之九十。也就是说，在天地之间，大多数的物质，我都看不见摸不着，它们包围着我，而我却一无所知。多么可怕的事情！

　　科学家正在很辛苦地寻找暗物质存在的依据。这样的探寻，大概是人世间最深奥最神秘的工作。但愿他们会成功。

　　而我们这样平凡的人，此生大概只能观察、触摸那百分之十的有形物质。然而这就够了，这并不妨碍我的思想远走高飞。

　　一只不知名的小花雀飞到我书房的窗台上。灰褐色的羽毛中，镶嵌着几缕耀眼的鲜红。这样可爱的生灵，还好没有归入隐形的一类。花雀抬起头来，正好撞到了我凝视的目光。它瞪着我，并不因为我的窥视而退缩，那对闪闪发亮的小眼睛，似乎凝集了天地间的惊奇和智慧。它似乎准备发问，也准备告诉我远方的见闻。

　　我向它伸出手去，它却张开翅膀，飞得无影无踪。

　　为什么，它的目光使我怦然心动？

　　微风中的芦苇姿态优美，柔曼妩媚，向世界展示生命的万种风情。微风啊，你是生命的化妆品，你用轻柔透明的羽纱制作出不重复的美妙时装，在每一株芦苇身边舞蹈。你把梦和幻想抛撒在空中，青翠的芦叶和银白的芦花在你的舞蹈中羽化成蝴蝶和鸟，展翅飞上清澈的天空。

微风轻漾时，摇曳的芦苇像沉醉在冥想中的诗人。

在一场暴风雨中，我目睹了芦苇被摧毁的过程。也是风，此时完全是另外一副面容，温和文雅不知去向，取而代之的是疯狂和粗暴，撕裂的绿叶在狂风中飞旋，折断的苇秆在泥泞中颤抖……这是一场实力悬殊的战争，是强大的入侵者对无助弱者的蹂躏和屠杀。

暴风雨过去后，世界像以前一样平静。狂风又变成了微风，踱着悠闲的慢步徐徐而来。然而被摧毁的芦苇再也无法以优美的姿态迎接微风。微风啊，你是代表离去的暴风雨来检阅它的威力和战果，还是出于愧疚和怜悯，来安抚受伤的生命？

芦苇无语。倒伏在地的苇秆上，伸出尚存的绿叶，微风吹动它们，它们变成了手掌，无力地摇动着，仿佛在表示抗议，又像是为了拒绝。

可怜的芦苇！它们倒在地上，在微风中舔着伤口，心里绝不会有报仇的念头。生而为芦苇，永不可能成为复仇者。只能逆来顺受地活下去，用奇迹般的再生证明生命的坚忍和顽强。

而风，来去无踪，美化着生命，也毁灭着生命。有人在赞美它的时候，也有人在诅咒它们。

无须从哲人的词典里选取闪光的词汇为自己壮胆。活在这世上，每一个人都具备了做一个哲人的条件。你在生活的路上挣扎着，你在为生存而搏斗，你在爱，你在恨，你在寻求，你在追求一个目标，你在为你的存在而思索，为你的行动而斟酌，你就可能是一个哲人。不要说你不具备哲人的智慧和深沉，即便你木讷少言，你也可能口吐莲花。

　　行者，必有停留之时。在哪一点上停下来其实并不重要。要紧的是停下来之前走了多少路，走到了什么地方，看见了一些什么。

　　将生命停止在风景美妙的一点上，当然有意思。即便是停止在幽暗之处，停止在人迹罕至的场所，停止在荒凉的原野，也不必遗憾。只要生命能成为一个坐标，为世人提供一点故事，指点一段迷津，你就不会愧对曾经关注你的那些目光。

　　我仰望天空，我知道上苍在俯视我。我头顶的宇宙就是上帝，我无法了解和抵达的一切，都凝聚在上帝的目光中，这目光深邃博大，能包容世间万物。

　　我想，唯一无法被上帝探知的，是我的内心。你知道我在想什么，我在憧憬什么，我在期待什么？上帝，你不知道，我也不会告诉你。如果你以为你已洞察一切，那么你就错了。

　　是的，对于我的内心来说，我自己就是上帝。

心灵是一棵会开花的树

我说人的心灵是一棵树，你是不是觉得奇怪？

真的，心灵是一棵树，从你走进这个世界，从你走进茫茫人海，从你睁开蒙昧的眼睛那一刻开始，这棵树就已经悄悄地发芽、生根，悄悄地长出绿叶，伸展开枝丫，在你的心里形成了一片只属于你自己的绿荫。难道你不相信？

你不知道，其实你已经无数次看见这样的花在你身边开放。

当你在万籁俱寂的夜间突然听到一曲为你而响起的美妙音乐……

当你在冰天雪地的世界中遇到一间为你而开门的小屋，屋里正燃烧着熊熊的炉火……

当你在十字路口彷徨徘徊，举棋不定，有人微笑着走过来给你善意的指引……

当你的身体因寒冷和孤寂而颤抖，有一双陌生而温暖的手轻轻地向你伸来……

当你发现有一双美丽的眼睛用清澈的目光默默凝视你……

我无法一一列举各种各样的"当你"，当你欢乐，当你迷茫，当你为世界的壮阔和奇丽发出惊奇的赞叹，当你被人间的真情和温馨深深地感动，当你面对世间残存的丑恶、冷漠和残暴忍不住愤怒呼喊⋯⋯

当你的灵魂和感情受到震撼，受到感动，不管这种震撼和感动如闪电雷鸣般强烈，还是像微风一样轻轻从你心头掠过⋯⋯

每逢这样的时刻，便是你观赏到心灵之花向你怒放的时刻。每当这样的时刻，你的心灵之树也在悄悄发芽，在长叶，在向辽阔的空间伸展自由的枝干。没有一个画家能用画笔描绘出这样的景象，没有一个诗人能用诗句表达这样的过程，这是一种无声无形的过程，但是它所引起的变化，却悠悠长长，绵延不尽，改变着你生命的历史，丰富着你人生的色调。

相信么，你的心灵一定会开一次花，一定的。也许是粲然的一大片，也许只是孤零零的一朵；也许是举世无双的美丽奇葩，也许只是一朵毫不起眼的小花⋯⋯你的心灵之花也许开得很久，常开不败；也许只是昙花一现，稍纵即逝的鲜艳⋯⋯

谁也无法预报心灵之花开放的时辰，更无法向你描述它们怒放时的奇妙景象，但我可以告诉你，这样的花，每时每刻都在人间开放。当有人在向世界奉献爱心，这样的时刻，就是花开的时刻。

愿你的心灵悄悄地开花。

愿我们的世界是一个心花怒放的世界。

岁月的目光

　　岁月的目光，无时无刻不在审视着这个世界上的每一个人。它能穿透一切峭岩高墙，能逾越一切湖海大川，也能剖视一切灵魂，不管你是高尚还是卑微。

　　只要活着，你就不可能是雕像，在原地一动不动。也许你正在气宇轩昂地阔步前行；也许你无奈地在原地徘徊；也许，你不敢正视前方，瑟缩地一步步往后退却……

　　这一切，都无法躲避岁月的目光。

　　岁月把你的一切举动都看在眼里。它不会为你喝彩，不会为你叹息，更不会为你流泪。然而它会掠过你的心灵，使你领悟到时光对于你的意义。

　　心怀着远大目标阔步前行的人，总能和迎面而来的岁月目光相逢。这是闪电般的撞击，岁月用灿烂的目光凝视你，你用坦然的眼神回望它，有多少晶莹的火星，在这相互的凝望中飞扬闪烁。如果这世界曾笼罩黑暗，这样的目光交流，会照亮朦胧的夜空。前进的脚步声是多么美妙的音乐！只有行进中的人才能发现岁月赞叹的目光。

如果你在原地徘徊，岁月的目光也不会和你擦肩而过。只要你还醒着，哪怕你因为羞愧无法抬头，你也能看到，迎面逼过来的岁月，正用炯炯眼神扫射你凌乱曲折的脚印……

　　如果你在颓丧中后退，岁月不会因此而停止了它的脚步。当岁月之河在你的身边哗哗流过时，你会发现，它的目光犹如针芒，刺灼着你的双脚。如果你还没有昏庸到神志不清，你会在它的刺灼中一跃而起。

　　是的，所有的人都会被岁月的流水淹没。而那些无愧于人生、无愧于岁月的人，会成为美丽的雕像，站立在岁月的河畔，岁月的目光将久久地抚摸他们，让后来的人们在它灼灼的凝视中欣赏他们，发现他们曾经把生命的火花燃烧得何等灿烂夺目。

　　抬起头来，朋友，迎着岁月的目光，脚踏实地向前走。让你的目光，在行进中和岁月交流。只要你向前走着，你一定会看到，在人生的旅途上，到处是目光和目光的交流，它们如霞飞电闪，辉映着生活，辉映着我们的世界。

岁月的目光

时间断想

一

天地之间，只有一样东西永远无法阻挡，它就是时间。

时间迎面而来，无声无息。它和你擦身而过，不容你叹息，你希望抓住的现在就已成了过去。你纵有铜墙铁壁，纵有万马千军，纵有比珠穆朗玛峰更高的堤坝，纵有比太平洋更浩渺的阔海深渊，却不可能阻挡它一步，更不可能使它延缓半步。

转瞬之间，你正在经历的现实就变成了历史，变成了时间留在世界上的脚印。

二

我们所能见的一切，都凝集着过去的时间，都是时间的脚印。

前些日子，我在欧洲旅行。在庞贝，面对着千百年前覆灭于火山喷发的古城，我感慨，在神秘的自然面前，人类是多么脆弱渺小。庞贝的毁灭，只是瞬间的事件，火山轰然喷发，岩浆和火山灰埋葬了人间的繁华。当年的天崩地裂，已经听不见一丝回声。然而一切都还留在那里，石街廊坊、残垣断柱、颓败的宫殿、作坊和浴场，过去的千年岁月，都凝集在这些被雕琢过的石头中。而那些保持着临死时挣扎状的火山灰人体雕塑，似乎正在向后人描述时间的无情。天边的火山是沉静的，当年的喷发已经改变了它的外形。即便是伟力无比的自然，在时间面前，也无可奈何地放弃了它的威仪。

时间把过去的一切，都凿刻成了雕塑。

三

在罗马，我走进有两千四百年历史的万神殿大厅，抬头看阳光从镂空的穹顶上洒下来，辐射在空旷的大殿里。两千多年来，阳光每天都以相同的方式照亮幽暗的厅堂，然而在相同的景象中，时间却一年又一年地流逝，使这座宏伟神殿从年轻逐渐走向古老。

在厅堂一角，埋葬着画家拉斐尔。在这个古老厅堂的居住者中，他显得如此年轻。而站在这样的古殿中，我觉得自己就像一个刚来到这个世界的婴孩。

哲人的诗句可以将时间描绘成流水，而流水也有停滞的时候。时间更像是光，在黑暗中一闪而过。我的目光，和辐射在古殿里的阳光相交，和殿堂中古代雕塑神像们的目光相遇，我感觉时间在这样的交汇中似乎有了片刻的停留。这当然是幻想，过去的时间永不再回来。我们可以欣赏时间的雕塑，却无法和逝去的时间重逢。

四

还是回到中国，回到我的生活中来。时间如同空气，无时不在，无处不在，我们的世界永远是现在进行时。

正在进行的时间，也就是不断地和我们擦肩而过的时间，似乎是最珍贵的，也是最有魅力的。它可以使梦想变成现实，也可以使现实变成梦想。

在我的周围，我每时每刻都听见时间有条不紊的脚步声。从正在修建的道路和桥梁上，从正在一层层升高的楼房里，从马路上少男少女活泼的身影中，从街心花园正在打太极拳的老人微笑的表情里，甚至从路边花草在阳光下舒展的枝叶间，我目睹着时间正在实施它改变世界的计划。

婴儿的啼哭，孩童的欢笑，情侣的拥吻，中年人鬓边的白发，老年人额头的皱纹，都是时间的旋律。幼芽的萌发，花蕾的绽放，落叶的飘动，早晨烂漫的云霞，黄昏迷人的夕照，都是时间的呼吸。

面对时间，有惊喜，也有无奈。成功者在时间的浪峰上喜庆时，失落无助的人正在时间的脚步声中叹息……

珍惜时间，就是爱生活，爱生命，爱人。

五

最神奇、最不可捉摸的，应该是未来的时间。没有人能确切地描绘它的形态，但可以感觉它步步紧逼的态势。也许，只有未来的时间是可以被设计，可以被规划的。因为，我们可以对时间即将赐予的机会做点准备，也就是对未来的生活做一点准备，准备对付可能来临的考验，准备迎接可能遭遇的挑战，准备为新的旅程铺路、搭桥、点灯……

有所期待的人生，总是美好的。

我想对未来的时间说：你来吧，我们等着！

不褪色的迷失

日子在一天一天过去。逝去的岁月像从山间流失的溪水，一去不复返。回过头看一看，常常是云烟迷蒙，往事如同隐匿在雨雾中的树影，朦胧而又迷离。那么多的经历和故事搅和在一起，使记忆的屏幕变得一片模糊……

还好，有一样东西改变了这种状况。它就像奇妙的魔术，不动声色地把逝去的岁月悄然拽回到你的眼前，使你情不自禁地感慨：哦，从前，原来是这样的！

这奇妙的魔术是什么呢？我的回答也许使你觉得平淡无奇，是摄影。

不过你不妨试一试，翻开你的影集，看看你从前的照片，看会产生什么感觉。如果你自己也是一个摄影爱好者，那么，看看自己从前亲手拍摄的各种各样的照片，又会有什么感想。

我的才八岁的儿子，一次看他刚出生不久的一张洗澡的照片时惊讶地大叫：“什么，我那时那么年轻！连衣服也不穿呐！啊呀，太不好意思啦！”

我一边为儿子的天真忍俊不禁，一边也有同感产生。是啊，我们都曾经那么年轻，那么天真。那些发了黄的旧照片，会帮我们找回童年或者幼年时的种种感觉。

我儿时的照片留下的很少，就那么两三张。有一张一寸的报名照，是三岁时拍的。照片上的我，胖乎乎的脸，傻呵呵的表情，眼睛里流露出惊恐和疑问，还隐隐约约含着几分悲伤……看这张照片，使我很自然地回忆起儿时的一个故事。那是我最初的记忆之一。

那是我三岁的时候。有一次，跟父亲出门，在一条马路上走失在人群中。开始还不知道什么叫害怕，以为父亲会像往常一样，马上就会出现在我的面前，将我抱起来，带回家中。然而我跌跌撞撞在马路上乱转了很久，终于发现父亲真的不见了。我惊悸的大叫引起很多行人的注意，数不清的陌生面孔团团地将我围住，很多不熟悉的声音问我很多相同的问题……然而我不愿意回答任何问题，因为我以为是父亲故意丢弃了我，我无法理解一向慈眉善目的父亲怎么会就这样把我扔在陌生人中间，自己一走了事。我以为我从此再也见不到自己的父母了，小小的心灵中充满了恐惧、悲哀和绝望。我一声不吭，也不流泪。被人抱着在街上转了几个小时之后，有人把我送到了公安局。一个年轻的女民警态度和善地安慰我，哄我，给我削苹果。另一个年轻的男民警在一边不停地打电话，听他在电话里说的话，我知道他是在帮我找爸爸。我在女民警的哄劝下吃了一个苹果，然而心里依然紧张不安。眼看天渐渐地暗下来，还没有父亲和家里的消息。我呆呆地望着窗外，恐惧和惊慌一阵又一阵向我袭来。尽管那位女民警不停地在安慰我："你别急，爸爸就要来了，他已经在路上了，过一会儿，你就能看见他了！"但我不相信。我想，父亲大概真的不要我了，要不，他怎么天黑了还不来呢？

就在我惊恐难耐的时候，女民警突然对着门口粲然一笑，口中大叫道："瞧，是谁来了？"我回头一看，只见父亲已经站在门口。

我永远也忘不了父亲当时的模样和表情。他那一向很注意修饰的头发乱蓬蓬的，脸似乎也消瘦了一圈。当我扑到父亲的怀抱里时，噙在眼眶里的泪水一下子夺眶而出，委屈、激动、欢喜和心酸交织在一起，化作了不可抑制的抽泣和眼泪。当我抬起头来看父亲的时候，不禁一愣：父亲的眼睛里，也噙满了泪水！在我的心目中，父亲是不会哭的，哭是属于小孩子的专利。父亲的泪水使我深深地受到了震动。父亲紧紧地抱住我，口中喃喃地、语无伦次地说着："我在找你，我在找你，我找了你整整一天，找遍了全上海，你不知道，我是多么着急……"

此刻，在父亲的怀抱里，我先前曾产生过的怀疑和怨恨顷刻烟消云散。我尽情地哭着，痛痛快快哭了个够。哭完之后，我才发现，那一男一女两位警察一直在旁边微笑着注视我们父子俩。这时，我又不好意思地笑了。那个男警察摸着我的脑袋，笑着打趣道："一歇哭，一歇笑，两只眼睛开大炮……"这是当时的孩子人人都知道的一首儿歌。于是我们四个人一起笑起来……

从公安局出来，父亲紧拉着我的手走在灯光灿烂的大街上。他问我："你想吃什么？我给你买。"我什么也不想吃，只想拉着父亲的手在街上默默地走，被父亲那双温暖的大手紧握着，是多么安全多么好。然而父亲还是给我买了一大包好吃的东西，让我一路走，一路吃。走着，走着，经过了一家照相馆，看着橱窗里的照片，我觉得很新鲜。长这么大，我还没有进照相馆拍过照呢。橱窗里的照片上，男女老少都在对着我开心地微笑。我想，照相一定是一件很有趣的事情。父亲见我对照片有兴趣，就提议道："进去，给你照一张相吧！"面对着照相馆里刺眼的灯光，我的眼前什么也看不见，父亲又消失在幽暗之中。于是我情不自禁又想起了白天迷路后的孤独和恐惧。摄影师大喊："笑一笑，笑一笑……"我却怎么也笑不出来。当快门响动的时候，我的脸上依然带着白天的表情。于是，就有了那张一寸的报名照。在这张小小的照片上，永远地留下

不褪色的迷失

了我三岁时的惊恐、困惑和悲伤。尽管这只是一场虚惊。看这张照片时，我很自然地会想起父亲，想起父亲为我们的走散和团聚而流下的焦灼、欢欣的泪水。父亲在找到我时那一瞬间的表情，是他留在我记忆中的最清晰最深刻的表情。从那一刻起，我知道了，父亲和孩子一样，也是会流泪的，这是多么温馨多么美好的泪水啊……

照片上的我永远是童稚幼儿，可是岁月却已经无情地染白了我的鬓发。而我的父亲，今年八十三岁，已经老态龙钟了。从拍这张照片到现在，有四十年了。四十年中，发生了多少事情，时事沉浮，世态炎凉，悲欢离合……可四十年前的那一幕，在我的记忆中却是特别的清晰，特别的亲切，仿佛就在昨天，仿佛就在眼前。岁月的风沙无法掩埋儿时的这一段记忆。当我拿出照片，看着四十年前我的茫然失措的表情，不禁哑然失笑。四十年的漫长时光在我凝视照片的一瞬间消失得无影无踪……哦，父亲，在我的记忆中，你是不会老的。看到这张照片，我就仿佛看见，你正在用急匆匆的脚步，满街满城地转着找我……而我，什么时候离开过你的视线呢？

前些日子，我，我的妻子，还有我九岁的儿子，陪着我高龄的父母来到西湖畔。久居都市，接触大自然的机会越来越少，我想陪他们在湖光山色中散散心，也想在西湖边上为他们拍一些照片。在西湖边散步时，我向父亲说起了小时候迷路的事情，父亲皱着眉头想了好久，笑着说："这么早的事情，你怎么还记得？"我说："我怎么会忘记呢？永远也忘不了，你还记得吗，那时，你还流泪了呢！"

父亲凝视着烟雨迷蒙的西湖，久久没有说话。我发现，他的眼角里闪烁着亮晶晶的泪花……

关于音乐的遐想和抒情

题舒伯特《摇篮曲》

从黑暗中伸出一双温暖的手，一双瘦弱却满怀深情的手，一双颤抖却执着有力的手……

这双手抚摸婴儿的褓褓，推动了一只又一只摇篮……

孩子们微笑了。他们的眼睛、眉毛和小嘴都变成了一弯弯新月，闪烁在梦的夜空里。多么美妙的梦啊……他们牙牙学语的童音是无法描述这梦境的。等醒来后，等长大时，这梦会化作缤纷的人生！

母亲们微笑了。她们垂首凝视着，浓黑的睫毛覆盖了眼睑，一颗亮晶晶的泪珠在滚动……宁静、安详、慈爱、幸福——是孩子们给她们的，是那双从黑暗中伸出的手给他们的。

他也微笑了。他一手轻推着摇篮，一手抚摸着胸口，心，沉醉在爱的海洋里……是的，这海洋不会枯竭，心也永远不会停止跳动和歌唱。他的微笑是永恒的。

柴可夫斯基向我走来

似曾相识——

是在无数个人生的十字路口，是在无数个明朗的早晨，是在无数个灰暗的黄昏……

当欢乐像轻烟一样消散的时候，当忧郁像浓雾一样弥漫的时候，当太阳隐匿进云海，当星星暗淡在夜空……

柴可夫斯基向我走来。

他牵着一条五彩缤纷的曲折的路，他放着鸽子，他撒着星星，他赶着一群翩翩起舞的白天鹅……

他流着泪，那些悲怆的泪呵，竟像晶莹的珍珠，滚着，碰撞着，发出不可思议的动人的声音……

他时而用灰色涂抹晴空，时而用阳光驱散阴云，时而用风描绘冬的严厉，时而用雨叙述春的温柔……

柴可夫斯基向我走来。

他怎么使我想起了我的先人？我仿佛看见披头散发的屈原在仰天长啸，我仿佛看见把酒对月的太白在放声高歌，还有"采菊东篱下，悠然见南山"的陶渊明，还有"独坐幽篁里，弹琴复长啸"的王摩诘……也有含着眼泪望江兴叹的李后主，也有登高望远豪情难抑的苏东坡……

他旷达，他豪放；他婉约，他深沉；他天真，他欢乐；他伤感，他忧悒……无论是在年轻还是在衰老的时候，无论是在欢愉还是在痛苦的时候，他总是能轻轻地、轻轻地拨动我的心弦……

柴可夫斯基向我走来。

听《命运交响曲》

两个声音，交织、碰撞、搏斗在空旷的宇宙里。一个是充塞天宇的狂啸呐喊，是飞沙走石，是惊涛霹雳；一个是微弱纤细的低吟浅唱，是涓涓滴滴的幽泉，是飘飘悠悠的洞箫……

纤弱的，未必就淹没在强大之中。听，渺小的生命，面对命运之神的铺天盖地的呼啸，勇敢地亮着她美妙的歌喉……

广袤无涯的荒漠中，驼铃，执着而又清晰地响着，由远而近，由近而远……看见了吗，天边出现了一线绿洲，清泉在那里流淌，花儿在那里开放……看见了吗，这不是海市蜃楼。

冰雪覆盖的原野里，小草，勇敢而又倔强地长着，一分一分，一寸一寸……听见了吗，那微弱奇妙的拔节声，冰雪掩盖不了它们，狂风淹没不了它们！等着，它们会化成惊雷，轰然炸出一个翠绿的春天！

大雁起飞了。渺小的生命排列出威严的阵容，描绘着天空，传递着一个古老而又新鲜的信念。多么遥远的向往，多么勇敢的追求！看不见它们的影子了，却依然听得见它们的歌声……

海的呼吸，山的回声，江河的呐喊，森林的低吟……循着共同的旋律，倾吐着共同的心声。你听懂了么？你听懂了么？

来，和我一起，在这旋律中变成一棵小草，变成一朵浪花，变成一只大雁，变成一块岩石，变成其中一个小小的音符……

当一切悄然隐逝时，我们微笑地屹立着。

莫扎特

在黑暗中弹着光明的乐曲。

在穷困中唱着欢乐的歌。

饥饿无法压抑他创造的欲望。

寒冷驱散不了他优美的热情。

是的，在他的歌声里，世界是完美的。痛苦会过去，美将留下来。高尚纯洁的灵魂永远在天空自由翱翔，光明终将把黑暗放逐……

当全人类都陶醉在他的歌声中时，人们却找不到属于他的一块小小的墓地！

哦，不要寻找了，人们呵！如果你热爱他的歌声，他就在你的心里了。

贝多芬幻象

他，在他的乐章中缓缓地站起来，站起来，站在高高的空间，俯视着那支庞大的乐队……

静！他耳畔只有一片死一般的寂静。

然而他却扬起指挥棒，轻轻地扬起，轻轻地抖落。哦，那根小小的指挥棒，依然挑出惊天动地的沉雷，牵来汹涌澎湃的波涛。风，在棒尖上呼啸；云，在棒尖上萦绕；夜莺和百灵鸟，在棒尖上歌唱……

哦，他甩动银发，他闭上眼睛，他沉思，他微笑，他锁起眉峰，一颗亮晶晶的泪珠，在脸颊上闪动……

是的，何须用耳朵听呢！只要音乐家的心还在跳，音乐，就会从那里流出来，流向他所热爱的空间和土地，流进无数知音的心灵……

小提琴独奏

玫瑰色的土地上，横卧着四条银色的小溪。

哦，四条会唱歌的小溪……

时而柔波荡漾，水烟袅袅化几片透明的雾纱云絮；时而急流汹涌，雪浪滔滔牵一阵狂烈的电闪雷鸣……

流，小溪在叮咚作响地流，携带着阿尔卑斯山谷神秘的风，携带着塞纳河畔清新的绿荫；还有吉普赛人粗犷激越的舞步，斯拉夫人深沉奔放的歌吟；也有吴越昔时的小桥流水，至死不渝的恋人，在那里化作比翼的彩蝶，翩翩地飞……

玫瑰色的土地上，奔流着四条会唱歌的小溪……

指挥棒

见过乐团指挥手中那根小小的木棒么？万千种音响都是由它牵引出来的——惊雷，风暴，江海的涛声，溪流的絮语，森林里百鸟的啁啾，血在阳光下乳化，白云飘出山坳，流星划过夜空……

你无法比喻这指挥棒像什么。它可以是沉浮在惊涛骇浪中的桅杆，也可以是轻游于平湖秋月的桨橹；它可以是从天空中划下的闪电，也可以是春风里荡漾的柳丝；它可以是倔强的鹰翅，在九霄云中傲然振抖，也可以是柔软的鱼鳍，在海底世界优美地飘舞……

面对崔颢的挑战

去年初夏，我坐小木船游览了小三峡。峡中的风景秀丽、险峻、幽谧，使人流连忘返。回去后，我曾想写些诗文，把游小三峡的感想付诸笔端。然而时间过去了整整一年，我居然没有写出一个字来，几次想动笔，终于没有动起来……这究竟是什么原因？想来想去，是因为怕。一怕写不出小三峡的奇妙和优美来；二怕写得不如别人好。在游小三峡前，曾经读过王昌定的一篇小三峡游记，他写得绘声绘色，神情皆备，把大宁河和小三峡都写活了。读他的文字，有身历其境之感。这样便更难以下笔了。

于是想起了李太白在黄鹤楼写下的诗句："眼前有景道不得，崔颢题诗在上头。"面对崔颢写黄鹤楼的诗作，李白也曾经踌躇过。崔颢的诗确是前无古人的绝唱。对所有在他之后来到黄鹤楼并且打算作诗的骚人墨客来说，崔颢的诗不啻是一种严峻的挑战；你也想写黄鹤楼？假如你不怕相形失色，那么请试试。我大概是遇到了类似的挑战了吧。

在文学创作中，这种情形不胜枚举，不少业余作者也会遇到。相同的题材，前人有了佳作，后人还会继续写。也许有的人根本不理会前人的作品，自己写自己的。而有些人却相当重视前人的同类作品，并且把它们看作是一种挑战。倘下决心写，那非得写得不同于前人，非得超过前人。假如对前人的作品五体投地，钦佩得失去了自信，那就只能收起笔临阵脱逃了。

前人向后人挑战，这无疑是一件好事情。这是一种诱饵，是一种刺激，它将刺激着后人写出更好更新的作品来，于是青出于蓝胜于蓝，文学便发展了、进步了，文学库藏中便不断增添新的瑰宝了。

面对崔颢们的挑战，有为者当然不应临阵脱逃，要有勇气接受这种挑战，下工夫写出胜过前人的作品来。李太白便是一位勇敢者，他钦佩崔颢，自叹不如，然而他把"自叹"付诸笔端，也写成了千古绝唱。其实，他是接受了崔颢的挑战的，谁能说他是一个败者呢。

而我，能不能写出小三峡的诗文呢？我想，我大概不会甘心就这样白跑一趟吧。我要试一试。

古瓷四品

前几年，受几位有收藏癖的朋友怂恿，常常去逛民间古玩市场。在那里既长知识，又长见识，当然，也破费钱财。作为报偿，我的案头书柜中逐渐多出一些古色古香的小摆设。烦躁不安时看看那些历尽人世沧桑的古人遗物，心情便会恬淡如水……

明 盘

摊了一地的瓷盘，我一眼就看中它，摊主并不把它当成宝贝，当初它的满面尘土便是明证。要价十五元，还价十元，爽然成交。洗尽尘土之后，它即刻在我书柜中粲然夺目地占据了一席地盘。

它的造型、釉色准确无误地告诉我，这是明代的瓷器。虽然模样平平无奇，只是那种最普通的青花平底圆盘，然而盘底的青花图纹实在是非同一般。粗粗看去，只见粗犷苍老的蓝色线条杂乱无序地交织在一起，不明其所以然。细细谛视，便会有不少发现，其中有怒气冲冲的眼睛，只是难辨是人眼还是兽眼。也有无眼无口的面孔，横七竖八地叠在一起，组合成沉默而怪诞的一群。如果愿意想象，还可以看到狂风漫卷，以及在风中走的云，在风中飘动的树枝和长发……

我无法为这幅画命名，它使我想起毕加索，想起毕加索那些千奇百怪的画。倘若毕加索在世，面对我的青花瓷盘，面对一位明代中国民间艺人随手画出的这幅画，不知会作何感想。

宋　杯

用现代人的眼光来看，这是一只极普通的小碟，属于家常用的酱油碟之类。然而它却是老祖宗用来喝茶的杯盏，是一只完好无损的宋代瓷杯。

不少朋友表示怀疑。一是怀疑它的年龄，那淡青的釉色光可鉴人，能是近千年的老古董？二是怀疑它的用途，容量如此之小，斟满茶水也不够喝一大口，会是茶杯？

结论是肯定的。这确是宋代瓷茶杯，没有人能否定它的真实身份。

它常常吸引我的目光，并非因为它的价值，也不是它所表现的艺术。从审美的角度来看，这瓷杯属拙朴一类，艺人们用泥坯随手捏出，未加任何花饰。当然也是一种美。我看它，是因为它使我联想起宋人喝茶时的情景。以这样的小杯喝茶，必定有极深的涵养和极好的耐心。试想一下，在竹林中席地而坐，长袖飘拂于微风之中，酽酽的浓茶从壶嘴里呈一细线飘然注入杯内，然后手持小杯一小口一小口啜饮，说话也是慢声细气……这样的风雅和悠闲，现代人已难得消受。粗俗的现代人！

一次，将我的联想告诉一位古瓷收藏家，他笑道："宋朝的农夫，大概不会有这样的闲适吧！"第二天，收藏家送我一只宋代的粗瓷大碗，比现代人的饭碗还大一点。他说："这也是宋朝人用来

古瓷四品

137

喝茶的，你喜欢想象，不妨也对着它联想一下吧。"我看着手中沉甸甸的大碗，不禁哑然失笑。

画　碟

明代青花小碟，直径不过六厘米。蓝边，碟底绘画。碟沿上有一道淡淡的裂痕。按收藏家的说法，有这一道裂痕，便使它身价大跌。

大概是当年烧窑的火候不到家，釉下的青花竟如同墨色一般。碟底的绘画却因此而别有了一番韵味。画的似乎是三片荷叶，向三个不同的方向伸展出去，构成一个对称的图案。再仔细看，那荷叶中墨色浓淡不匀，有枝权横陈其间，更像是蓬勃蓊郁的大树之冠。三棵大树如此排列，景象就非常奇妙了，只有孩童才可能把树画成这样。树底下那些斑点，可以看作是发育繁茂的花草，如果愿意遐想，可以想出五彩斑斓的颜色来……

小友林君赴法国留学，前来辞行时，赠此画碟给她作纪念。数月后林君从巴黎来信，信中说起那画碟，已被她转赠一法国画家，画家视若珍宝，以为碟中之画乃大手笔，遂将画碟陈列于客厅显眼处，向所有来客介绍。林君在信中写道："本以为一个小碟没有什么了不起，想不到在这里这么受重视！"

读罢林君来信，亦喜亦憾。喜者，小小画碟，为中国艺术增添了光彩，总算没有被埋没；憾者，它可能永远无法回到中国人手中了。

异　兽

青花果盘，盘内绘五匹异兽。青花呈深蓝色，为清初之作。

五匹异兽笔墨简练，线条流畅。说它们是异兽，因为看起来似龙非龙，似马非马。中间一匹蜷成一团作俯卧状，周围四匹挥动肢体作腾舞状。谁也无法判定它们属何种兽类。从椭网的身躯上伸展出的五个肢端，每一个都可以看作是头，也可以被看作尾，当然更可以看作足。假如把其中最长的那一端看作尾，像巨蜥；看作头，则如恐龙……中间那一匹卧地的异兽首尾相衔，收藏四肢，更无法看全其真实面目。

　　我常常想，在盘中作画的那位古代艺人当年画这五匹异兽时，不知以什么为原型。画得如此熟练，可见已画过无数遍。也许，这是传说中的神兽，是幻想的产物。其中的故事，大概永远不会有人来告诉我了。

古瓷四品

读诗的心情

少年朋友，建议你读一点诗，不知道你有没有兴趣。

这样的建议，绝不是新潮的建议。你或许会觉得我背时。不是有媒体调查表明，现在读诗的人越来越少了吗？不过，我还是要向你提出这样的建议。

读诗，当然是要读好诗，读那些曾经拨动过无数人心弦的名作。

唐诗宋词，你一定读过一点，说不定儿时还被父母逼着背诵过一点。不过，被动地背诵和平心静气地欣赏，完全是两回事。你不妨从你的书架上取下《唐诗三百首》和《宋词选》（如果有，它们也许被闲置在冷僻的角落，身上积着陈年的灰尘），里面的诗词，有一部分你可能觉得似曾相识，不过大部分还是你不熟悉的。用你听音乐时的感觉和看画时的心情，仔细读几首试试看。虽然是千百年前的古人所作，但是你和这些诗词之间未必隔着万水千山，未必隔着深沟大壑，那些简练却传神、淡雅却深邃的文字，描绘着自然，也描绘着心情。古代的诗人有把文字变成音乐和画的本事，这是一种神奇的本领。读这样的诗，反观现代人的浮躁，你能在欣赏到美的同时，也获得一份幽远的宁静。试想一下，此刻正是炎炎夏日，乡野池塘里的荷花正在盛开，而你身处闹市，无法临池赏美，何等的遗憾。这时，读一读周邦彦的《苏幕遮》："燎沉香，消溽暑。鸟雀呼晴，侵晓窥檐语。叶上初阳干宿雨，水面清圆，一一风荷举……"这样的景象，现代人不仅能理解，也能陶醉其中。前些年，有好几家出版社出版了唐诗宋词的"今译本"，即以白话诗的形式翻译古诗，这其实大可不必，唐诗宋词和现代人之间，并没有无法逾越的鸿沟。像"床前明月光，疑是地上霜。举头望明月，低头思故乡"，像"两个黄鹂鸣翠柳，一行白鹭上青天"，这样明白如画的诗，难道还需要用白话来翻译？一经翻译，原诗的韵味便会丧失殆尽。所以建议你不要读那些当代人的"译诗"，要读，就读古人的原作，相信你一定有能力读懂，而且能被它们的美妙韵律和意境打动。

前些年，有刊物要我列举我最喜欢的十本书，这是一件很困难的事情，我斟酌了半天，列举了古今中外的十本书，其中只有一本中国的诗集，就是《唐诗三百首》。也许，有人会笑我陈旧迂腐，在二十世纪行将结束时，竟然还在年轻人中提倡读古诗。我并不怕被人嘲笑。我相信，不管时代如何发展，世事如何变迁，唐诗宋词是不会失去生命力的，它们不仅是作为伟大的中华文化的象征而存在，也是作为一种常读常新的文学作品而存在。一个读方块字、写方块字的中国人，如果不能品味唐诗宋词，不能感受它们的魅力，那真是天大的遗憾。

当然，如果你真的喜欢诗，还可以读一点现代和当代诗人的新诗，也可以读一点外国诗。古今中外优秀的诗人和诗作浩如繁星，被灿烂的星光沐浴，应该是诗意盎然的精神会餐。

锦 瑟

在唐代的诗人中，李商隐是与众不同的，他用自己曼妙曲折的诗句，为读者构筑出一座座神秘的迷宫。

李商隐的诗，绮丽飘忽，意象奇特，诗句中隐藏着无人能破解的故事和情感。他那些朦胧幽深的《无题》，千百年来让无数诗人和读者迷醉猜测，在他绵密的文字中寻寻觅觅，但觉山重水复，声色斑斓，那些用典故和独特意象构织成的诗句，尽管费解，但给人美妙的感觉。李商隐的作品中，影响最大的，大概是那首七律《锦瑟》：

锦瑟无端五十弦，一弦一柱思华年。
庄生晓梦迷蝴蝶，望帝春心托杜鹃。
沧海月明珠有泪，蓝田日暖玉生烟。
此情可待成追忆，只是当时已惘然。

这是一首奇诗，是一个无法解开的谜。古往今来，多少人解释这首诗、揣度这首诗。有人认为此诗咏物，那物便是古琴，即锦瑟，诗中写的都是古曲境界；有人认为此诗怀人，是对一个恋人的思念，锦瑟可能是人名；有人认为此诗悼亡，是追忆一个已经离开人间的昔日情人；也有人认为此诗是作者自伤生平，是对人生的感慨，人生如琴瑟，旧曲歌罢，新曲又起，曲终人散，唯有怅惘的回忆。种种解读，似是而非，互相矛盾，却都有点道理。然而至今没有权威的解读可以说服众人。不过即使无法清晰释解，这首诗的魅力却一点儿也没有因此减弱：全诗字字珠玑，诗中的每一联诗句，都可以让人浮想联翩。那些用典故勾勒出的诗句，幽邃如精灵舞蹈，庄生梦蝶，杜宇化羽，沧海珠泣，良玉生烟，神奇传说中，有浪漫的翔舞，有哀伤的冤魂。诗人写这些，要说明什么？你尽可以自由想象。

也许只有李商隐自己可以解释诗中的含义，可以说明隐藏在诗句中的故事，然而李商隐始终没有作过解释，他甚至不屑写一句说明。古人作诗，为了告诉读者写作的动机和背景，常常在诗前写一些题跋，有时在题目中便做说明。李商隐却不喜欢这一套，不仅诗句隐晦，题目也不明确，《无题》，是他的创造，《锦瑟》其实就是用诗的开首两字做题目，性质类似《无题》。金代诗人元遗山有《论诗绝句》："望帝春心托杜鹃，佳人锦瑟怨华年；诗家总爱西昆好，独恨无人作郑笺。"前两句是赞美李商隐的诗，后两句是表达无法读通李商隐诗的遗憾。汉代郑玄笺注《诗经》，解决了很多《诗经》中的疑难问题，元遗山希望有人像郑玄笺注《诗经》一样注释李商隐的诗，表达了很多喜欢李商隐诗的人的愿望。曾有过不少企图为李商隐诗"解密"的人，也有人专门出了注解玉溪诗的书，然而最终还是没有被读者接受。

我想，读李商隐，还是不求甚解为好，能欣赏到那些诗句的曼妙，能感受到优美凄惘的境界，就可以了。何必一定要把一切都解释得明明白白呢。这就像现代人听德彪西，不同的人，尽可以根据自己的理解和心情欣赏他行云流水般的音乐，怎么理解，都是美妙的精神漫游。

永 恒

　　长江边，采石矶，有李白的墓。后世诗人凭吊李白墓后，留下无数诗篇。我记忆中印象深刻的是白居易的一首："采石江边李白坟，绕田无限草连云。可怜荒垄穷泉骨，曾有惊天动地文。"

　　白居易和李白生活的年代相隔不远，凭吊景仰的先人，有些伤感。也许，当年的李白墓，野草丛生，一派荒凉，白居易睹物生情，为李白鸣不平。他见过长安城外那些豪华的帝王陵寝，和简朴荒凉的诗人墓地，有天壤之别。当时皇家搜刮到的民脂民膏，很大一部分都用来建造皇陵，世人习以为常。我相信，白居易心里还有一层意思，没有说出口：尽管面前的诗人墓地只是一个荒冢，但人人都记得才华横溢的李太白，记得他的那些美妙诗篇。诗人的墓地是否豪华，是否能保存千古，其实没有什么关系，关键是"曾有惊天动地文"。诗人的生命，不在坟墓中，而在他创造的美妙文字中，他的诗活着，在被人吟咏传诵，他的生命就在延续。这样的永恒，比刻在石碑上的文字，生命力不知要强大多少。这样的情形，李白曾用两句诗形象深刻地表达过：

　　　　屈平辞赋悬日月，楚王台榭空山丘。

　　屈原生前为了获得楚王的信任，为了说服楚王采纳他"美政"的主张，忍辱负重，不屈不挠，不惜牺牲自己的生命。而楚王生前高居宫堂，俯瞰众生，掌握着所有臣民的生杀大权，三闾大夫屈原，在他眼里不过是棋盘上一个可有可无的卒子，屈原的声音，也只是风过耳，不管是他的谏告，还是他的辞赋。然而千年之后，谁还记得楚王？屈原的诗，却一代又一代传下来，成为中国人智慧、情操和想象力的结晶。

　　白居易凭吊李白的这首诗中，用了"可怜"两字，我以为大可不必。可怜的不是李白，而是和李白同时代的那些曾经不可一世的权贵们。后人陶醉在李白的诗篇中时，谁也不会去想念那些早已在地下化为泥土的昔日王公。

　　又想起了莎士比亚的诗句，和李白有异曲同工之妙：

　　　　没有云石或王公们金的墓碑，
　　　　能够和我这些强劲的诗比寿；
　　　　你将永远闪耀于这些诗篇里，
　　　　远胜过那被时光涂脏的石头。

永恒

145

独钓寒江雪

多年前，在柳州，拜谒柳宗元的墓。站在这位颇有传奇色彩的大诗人墓前，我脑子里涌现的是他的《江雪》：

千山鸟飞绝，万径人踪灭。孤舟蓑笠翁，独钓寒江雪。

在古诗中，我以为这首诗属于精华中的精华。寥寥二十个字，却勾勒出阔大苍凉的画面：飞鸟绝迹的群山，渺无人迹的古道，一切都已被皑皑白雪覆盖。那是空旷寂寥的世界，荒凉得让人心里发憷。然而这只是画面中的远景。还有近景：冰雪封锁的江中，一叶扁舟凝固，舟子上，一渔翁身披蓑衣，头戴斗笠，手持钓竿，澹然若定，凝浓如雕塑。寂静中，这弥漫天地的冰雪世界，竟被小小一枝渔竿悄然钓定……这是怎样的境界？寂静，辽远，神奇，天地交融，天人合一，却又是无法复述的孤独怅然。失意忧愤的诗人，面对清寒世界，以最简洁的语言，表达出孤傲和怆然。空灵孤寂之中，蕴涵多少忧思和深情，任你遐想……

柳宗元写《江雪》，是在被贬永州之时，心情苦闷压抑。一个永不愿人云亦云的诗人，就用这样洁净的文字宣泄自己的感情，看似纯然写景不动声色，实则意蕴万千，冰雪底下涌动着激情的血液。

不少后人曾模仿柳宗元，试图用不同的文字和句式再现《江雪》的画面和境界，但和柳宗元的这二十个字相比，便都显得轻浮无力。譬如有这样的长对："一蓑一笠一髯翁，一丈长竿一寸钩；一山一水一明月，一人独钓一海秋。"文字很巧妙，对仗工整，也很有趣，然而《江雪》的阔大苍凉，还有那种惊心动魄的悲壮，在这些精巧的文字中却是一点儿也找不到了。

一个诗人，能有这样一首奇妙的诗传世，就是了不起的诗人。

独钓寒江雪

风雪夜归人

　　中国的古诗中，最简洁凝练的是五绝，每句五字，四句，一共才二十个字。现代人的文章，有喜欢写长句的，一句话就可以长到几十字。而古人的这二十个字，却意蕴无尽，变幻无穷，可以描绘阔大的场面，可以抒发深邃的情感，可以情景交融，既画出色彩斑斓的风景，也勾勒出人物在画中的行动，甚至还有曲折跌宕的故事。这是汉字创造的奇迹，也是人类文学瑰宝中真正的钻石。

　　五言诗和七言诗相比，往往显得古淡简朴，很少秾纤铺张，节奏也徐缓铿锵，显出旷达和大气，而七言诗中很多充斥着浓艳繁复之风。

　　我赞美过柳宗元的《江雪》，现在再来说说另一首我喜欢的五绝，作者是唐代杰出的诗人刘长卿，诗题是《逢雪宿芙蓉山主人》：

　　　　日暮苍山远，天寒白屋贫。柴门闻犬吠，风雪夜归人。

　　这是一幅有远景有近景有人物的画。远景：残阳如血，远山逶迤；中景：寒风中简陋的茅屋；近景：柴枝扎成的院门外，传来狗叫；人物：黑夜中冒着风雪从远处走来的归家主人。说这样的诗字字珠玑，一点也不夸张，二十个字，几乎每个字都是一个独立的意象。

读者如细心，会发现诗中有一个矛盾：首句"日暮"，有日落西山之意，那无疑是晴天，时间该是黄昏；而末句"风雪夜归人"，气候和时间都变了，晴天变成了风雪漫天，黄昏变成了黑夜。其实也不矛盾，诗中描绘的情景，绝非静止，短短二十字，其实写了从黄昏到深夜的变化。诗人刚出现时，是能看到落日的黄昏，住下后天色大变，起风落雪，而主人迟迟未归。天黑夜深时，听见柴门外传来几声狗叫，探头看门外，只见主人冒着风雪从远处一步步踉跄走近……

当然，"日暮"两字，也可看作单纯表示时辰，从气候去理解，也许是过度解读。

而那个"风雪夜归人"，却引起我很多想象。毫无疑问，他不是富豪权贵，是蜗居陋室的穷人，但他未必是卑微之人，可能是一个性情高洁的隐士，也可能是一个失意落魄的文人。诗人既然专门进山造访，那白屋主人绝非等闲之辈。他风雪夜归，是在外狩猎辛苦，还是访友醉归，读者可以自己猜测。其实，诗中还有另外一个人，就是诗人自己，诗中描绘的景象和声音，都是诗人的所见所闻。读者甚至可以想象，主人踏着风雪归来，意外看到远道来访的客人，该会是怎样的惊喜。

此诗还有另外一种解释，诗中"风雪夜归人"，就是作者自己，他从黄昏一直走到天黑，冒着风雪找到了山中的朋友家。疲惫中听到狗叫和开门的声音，想到即将得到的款待：温暖的炉火、甘美的酒食、朋友的问候，心里便产生了回家的亲切感，所以在诗中自称"归人"。

两种读法，我觉得都可以。写景的五绝，一般都是描绘一个

149

定格的画面，而刘长卿的这首诗，却记叙了从黄昏到深夜发生的事情，气候、景色、诗中人物的心情，都在跌宕变化。文学史家也许还可以从中读到诗人当时的人生境况和心情。

　　二十个字，蕴涵如此丰富的内容，这难道不是奇迹？

千岁之忧

"人生不满百，长怀千岁忧。昼短苦夜长，何不秉烛游！"

少年时读到《古诗十九首》中这几句诗，却一生都无法忘记。人的生命短促，活过百年已是寿星人瑞，却还要担忧思考千年之后的事情。其实这正是人的智慧表现，人的理想、憧憬和创造力，很多由此产生。我想，这"千岁忧"，其实不仅指未来未知的时光，也是指已经远去的岁月，是指历史。孔子说："往者不可谏，来者犹可追。"感慨的也是逝去和未来的时光。韩愈说得更夸张："人不通古今，马牛而襟裾。"如果只图眼前今日，昏然活着混着，不了解历史，没有理想，没有对未来的追寻和期望，那就和一般的动物无异了。

"昼短苦夜长，何不秉烛游"，也颇值得玩味。生命短促，而人生的很大一部分时间是黑夜，要在睡梦中度过。所以诗人发出"昼短夜长"的苦叹，让宝贵的生命耽留在昏睡之中，太浪费，太可惜，于是有了"秉烛夜游"的奇想。夜游干什么？你自己去想象，喝酒吟诗，看星赏月，探幽觅奇，继续白天在做的各种各样的事情……

如果我用上面的想法来解释这首流传千古的名诗，恐怕会遭很多古典文学专家嘲笑。因为，此诗的后半段，表达的意思和我的联想完全悖反。且看后面六句："为乐当及时，何能待来兹？愚者爱惜费，但为后世嗤。仙人王子乔，难可与等期。"

"常怀千岁忧"，是一种人生态度；"为乐当及时"又是一种人生态度。在这首诗中，显然褒扬后者而贬低前者。人生匆匆，不必太忧虑与自身没有关系的"千岁"，及时行乐最要紧，因为，生死无常，今天不知明天会发生什么，正如《古诗十九首》中另外两句所言："人生忽如寄，寿无金石固。"这其实也是很多苦痛的人生经验的总结吧。活着纵有再多的宏愿大志，眼睛一闭，都是无稽空想。"爱惜费"，大概是指守财奴，诗人认为这是"愚者"之为，只会被后人嗤笑。诗中虽没点明，但这"爱惜费"，应是和"千岁忧"连在一起的。而那些凡人成仙长生不死的传说，只是缥缈云雾。

和音乐一样，一首含义丰富的诗，可能有多种解读，不同的人读，会产生不同的感想。有人从中读到人生无常须及时行乐，有人却想到生命可贵，想到怎样争分夺秒描画理想的图景，这正是这首诗的奇妙。《古诗十九首》距今将近两千年，作者无名氏，也许是经过很多人吟诵修改后定稿。今人解读，自由漫想，竟无岁月阻隔之感。

观沧海

东临碣石，以观沧海。水何澹澹，山岛竦峙。树木丛生，百草丰茂。秋风萧瑟，洪波涌起。日月之行，若出其中；星汉灿烂，若出其里。幸甚至哉，歌以咏志。

这是曹操的《观沧海》。诗中写沧海的壮阔浩瀚，写秋风中海边的美景，写对大海的想象和赞美，诗风清新雄健，富有想象力。古代诗人写秋景，一般总是一片荒凉衰败的景象，抒发的感情也大多悲凉凄苦，多少骚人墨客因秋风而黯然洒泪，见落叶而触景伤情。而曹操的这首诗，却在秋风中赞叹大自然的美妙，写得气势壮阔，豪迈慷慨，意境苍凉而不失清丽。沧海，是天地间最博大的景象，日月星辰，都孕育于大海，吐纳于大海。赞美沧海，也是赞美宇宙和生命。诗中没有直接写人间沧桑和个人抱负，但读者可以体会曹操踌躇满志、叱咤风云的英雄气概和远大志向。

在古人写大海写秋景的诗篇中，这是一篇难得的佳作，在文学史上，也值得记一笔。古诗中，纯粹描写海景的不多，诗人作品中的大海，更多是想象的产物，或者只是借海的形象作一点精神寄托。而曹操的《观沧海》，写海岸、写海面、写海岛，描绘了与海有关的种种风景，写得色彩斑斓、气象万千，令人神往。感觉中，中国古代诗人去海边的机会不太多，他们诗中出现的自然景观，更多的是山林原野，是江河溪流，是村庄集市，是大漠边陲。李白诗中有时出现海，也大多是象征或者想象，譬如"长风破浪会有时，直挂云帆济沧海"，诗中的沧海，是理想境界的象征，再如"水客凌洪波，长鲸涌溟海""手中电击倚天剑，直斩长鲸海水开"。诗中的长鲸和海洋，都是诗人的浪漫想象，和现实中的大海并无直接关系。李白生性豁达，激情澎湃，豪迈恣纵，他的诗中多辽阔缥缈的景象，海的形象时常在他的诗中出现。他写海，只是借海的形象抒发雄壮之志，也以海比喻人世的浩瀚。而诗中的"长鲸""蛟龙"之类，李白当然没有见过，只是幻想而已。李白曾自称"海上钓鳌客"，当时的宰相问他："先生临沧海，钓巨鳌，以何物为钓线？"李白答曰："以风浪逸其情，乾坤纵其志；以虹霓为丝，明月为钩。"宰相又问："何以为饵？"李白笑曰："以天下无意气丈夫为饵。"那宰相听到李白的回答，惊愕而尴尬，以为李白在嘲讽自己。李白的气度，何人能比，"天下无意气丈夫"，在李白面前只能自惭形秽。而写《观沧海》的曹孟德，其清朗的神情和轩昂的气概，可以与李太白比肩。可惜曹操志不在诗，他雄心勃勃，意图一统河山，偶尔作诗，都是抒发"志在千里"的壮士情怀。如果专心写诗，我想曹操会是中国诗史中的伟大人物。不过，曹操虽然只留下二十几首诗，却都是不同凡响的声音。

小时候读《三国演义》，对曹操有成见，认为他不是善良之辈，是暴君，是"奸雄"，一直没有把他和诗人这个头衔联系在一起。后来读他的诗，才觉得此公确非等闲之辈，他的才华和气度，在同时代没有几个人能与之相比。南朝钟嵘在他的《诗品》中品评诗人，区分等第，把曹操的诗置于下品，实在是对其人有了成见，才作如此不公允的结论。

守 岁

　　流逝的时光，永远是诗人吟咏的对象，古今皆如此。每年辞旧迎新时，诗人总会发一点感慨。叹岁月匆匆，年华老去，也对即将到来的春天作一点憧憬。这样的感叹，常常发自除夕守岁时。

　　中国人千年前便有守岁习俗。除夕之夜，围炉饮酒，通宵达旦，如唐人诗句所描绘："阖门守初夜，燎火到清晨。"时光留不住，守岁，说是守，其实是送和迎，送走旧年，迎来新春。

　　古人的守岁诗中，有生不逢时、岁月蹉跎的感叹，譬如骆宾王的《西京守岁》："闲居寡言宴，独坐惨风尘。忽见严冬尽，方知列宿春。夜将寒色去，年共晓光新。耿耿他乡夕，无由展旧亲。"一个孤独而不得意的文人，到年关时心生凄凉，并不是造作。白居易《客中守岁》一诗中，有"守岁尊无酒，思乡泪满巾"两句，凄凉之情更甚。戴叔伦的《二灵寺守岁》流传也广："守岁山房迥绝缘，灯光香烛共萧然。无人更献椒花颂，有客同参柏子禅。已悟化城非乐界，不知今夕是何年。忧心悄悄浑忘寐，坐待扶桑日丽天。"这种出世禅境，在物欲汹涌的现代人心中，恐怕难以体会了。在纸醉金迷中发出"不知今夕是何年"的呓语，那是另外一回事了。

155

不过，我读到的守岁诗中，也有对岁月的珍惜，而更多的，是对世俗生活的热爱。苏东坡写过《守岁》："明年岂无年，心事恐蹉跎；努力尽今夕，少年犹可夸。"守岁惜时，此诗最有代表性。守岁诗中对生活的热爱，例证更多。杜甫有诗："守岁阿戎家，椒盘已颂花。"写的是古人守岁时的一种习俗，除夕夜全家团聚欢宴，将花椒放于盘中，饮酒时撮一点放入杯中，驱寒去湿，也增加过年的气氛。守岁，对孩子来说是最快乐的时光，"燎火委虚烬，儿童炫彩衣"（刘禹锡）；"阖门守初夜，燎火到清晨"（储光羲）；"儿童强不睡，相守夜欢哗"（苏轼）；"新历才将半纸开，小庭犹聚爆竿灰"（来鹄）……可以想象爆竹声中孩子们的欢颜。

描绘守岁情景最生动的一首诗，我以为是清代孔尚任的《甲午元旦》："萧疏白发不盈颠，守岁围炉竟废眠。剪烛催干消夜酒，倾囊分遍买春钱。听烧爆竹童心在，看换桃符老兴偏。鼓角梅花添一部，五更欢笑拜新年。"写此诗时孔尚任已是鬓发如霜，但甲午新年临近时，他还是兴致勃勃，和家人一起守岁，并细致地记下了当时的欢乐景象。孔尚任是孔子后裔，却绝非腐儒，而是才华横溢的诗人，他的《桃花扇》千古流传，已成中国文学的经典名篇。十多年前，我带儿子去山东曲阜，在孔林中逗留半天，就是为了寻找孔尚任。在石碑林立的墓群里，我找到了孔尚任的墓。在那个萧瑟阴森的亡人世界中，想起他的《桃花扇》，想起他那些带有欢声笑语的诗句，心里是一种奇怪的感觉。

慈母和游子

孟郊因为一首《游子吟》，成为现代中国人最熟悉的古代诗人之一。也许是古诗中写母爱的作品不多，写得好的更少，孟郊以寥寥三十字，写出了慈母对儿子的关心和爱，也写出了儿子对母亲的感恩："慈母手中线，游子身上衣。临行密密缝，意恐迟迟归。谁言寸草心，报得三春晖。"诗中慈母为即将远离家门的儿子缝衣的形象，世代流传，感动了无数读者。其实，这首诗中意味深长的不是前面四句，而是最后那两句，母爱博大如无边春晖，儿辈是承受阳光的小草，永远报不尽母恩。这样的感慨，千百年来使所有为儿女的读者心生共鸣。

古人写母爱的诗篇，其实还有不少。韩愈诗中，有描写母亲送儿子的诗句："白头老母遮门啼，挽断衫袖留不止。"这样的场面，同样撼人心魄。清代诗人黄景仁的《别老母》，写母子离别的情景，读来催人泪下："搴帏拜母河梁去，白发愁看泪眼枯。惨惨柴门风雪夜，此时有子不如无。"和孟郊的《游子吟》相比，这些诗写得更为悲切凄凉。

白居易的《慈乌夜啼》，讴歌乌鸦反哺，针砭世态，抨击人间不孝者，很值得一读：

> 慈乌失其母，哑哑吐哀音。昼夜不飞去，经年守故林。夜夜夜半啼，闻者为沾襟。声中如告诉，未尽反哺心。百鸟岂无母，尔独哀怨深。应是母慈重，使尔悲不任。昔有吴起者，母殁丧不临。嗟哉斯徒辈，其心不如禽。慈乌复慈乌，鸟中之曾参。

此诗中，以大半篇幅描写乌鸦丧母后的悲伤，丧母慈乌的半夜哀音，令人心颤心惊。诗的下半段，因慈乌的哀痛而联想到人间的冷漠不孝者。两相对照，那些不孝之徒，"其心不如禽"，是人面禽兽。

孝道，是中国传统文化中重要的内容之一，中国古代文人都以不孝为耻。不能服侍孝敬母亲，是很多人的苦痛和遗憾。很多年前读一首题为《暴雨途中二十韵》的古诗，曾被诗中的凄苦景象和诗人的深情打动：

> 停车茫茫顾，困我成楚囚。感伤从中起，悲泪哽在喉。慈母方病重，欲将名医投。车接今在急，天竟情不留！母爱无所报，人生更何求！

这应该是作者真实的经历。母亲病重，诗人驱车接母亲就医，却遭遇暴风雨，被困在途中难以成行。此时，想到家中病榻上的母亲，悲恨交集，发出"母爱无所报，人生更何求"的由衷感叹。

写对母亲的情感，清代诗人周寿昌的《晒旧衣》最为动人："卅载绨袍检尚存，领襟虽破却余温。重缝不忍轻移拆，上有慈母旧线痕。"诗人把一件有三十年历史的旧衣当成宝贝，为什么？因为这是慈母缝制，一针一线，都凝聚着母爱，睹物思人，回忆母亲的恩泽，情思绵绵。这首诗，很自然会让人联想孟郊的《游子吟》，不能说是周寿昌模仿孟郊，实在是人间太多这样的母子深情。

　　孟郊的故乡在浙江德清。这两年，德清连续两年举办"孟郊奖·慈母游子情"华语散文大奖赛。作为评委，我读到了来自世界各地的应征文章，那些真情的文字和温馨的故事，使我感慨。一首古诗，经历了千百年，依然有这么多读者为之共鸣为之动容，这是诗歌的魅力，是艺术的力量，更是因为人间亲情的绵延不绝。

慈母和游子

春在溪头荠菜花

"满眼不堪三月喜，举头已觉千山绿。"

这是辛弃疾《满江红》中的两句诗，把春三月的气象写得气韵十足。举头满眼春色，千峰万岭皆绿。以这样阔大的气势表现春色，体现了这位豪放派诗人的风格。不过，我更喜欢他另一阕写春光的《鹧鸪天》："陌上柔桑破嫩芽，东邻蚕种已生些。平冈细草鸣黄犊，斜日寒林点暮鸦。山远近，路横斜，青旗沽酒有人家，城中桃李愁风雨，春在溪头荠菜花。"

这是一幅描绘春景的工笔画，有远景，有近景，有天籁声色，也有人间烟火。最让人读而难忘的是最末一句："春在溪头荠菜花。"春天的脚步，就落在溪边那些不起眼的小小荠菜花上。在乡间，我见过河畔路边的荠菜花，那是米粒大小的白色野花，星星点点，可亲可近，它们在使我感受春色降临的同时，很自然地想起辛弃疾的这句诗。古人写春天的诗词中，"春到溪头荠菜花"是最动人的诗句之一，如此朴素平淡，却道出了春天铺天盖地而来的魅力。

韩愈的《早春呈水部张十八员外》，和辛弃疾的荠菜花有异曲同工之妙。韩愈诗中写的是春天的小草："天街小雨润如酥，草色遥看近却无。最是一年春好处,绝胜烟柳满皇都。"此诗中,最妙一句,是"草色遥看近却无",春雨中,绿草悄然萌发细芽,远看一片青翠,近处却看不真切,若有似无,撩人遐想。韩愈认为,这样的乡野草色,远胜过京城烟柳。

古人咏春,注重自然细节的变化,辛弃疾的荠菜花,韩愈的草色,都是成功的范例。春风中,天地间万物复苏,到处是生命的歌唱,在古老的《诗经》中,已能听到诗人在春色中抒情:"春日迟迟,卉木萋萋。仓庚喈喈,采蘩祁祁。"春日来临时,花木葳蕤,百鸟鸣唱,一派生机盎然。宋人姜夔游春,被麦田中的绿色陶醉:"过春风十里,尽荠麦青青。"唐人李山甫咏春景,也写得有趣,"有时三点两点雨,到处十枝五枝花",这是清明时节的风景。朱熹的《春日》中有名句:"等闲识得东风面,万紫千红总是春",那是春深似海的景象了。

李贺也曾被春天的美景陶醉,他那首题为《南园》的七绝写得优美细腻:"春水初生乳燕飞,黄蜂小尾扑花归。窗含远色通书幌,鱼拥香钩近石矶。"诗中写到乳燕、蜜蜂、花、春水、鱼,意象缤纷,春意灵动。

古人的咏春诗中,有不少写人和自然的交融,这又是另一番情韵。杜牧的《江南春》,可谓妇孺皆知:"千里莺啼绿映红,水村山郭酒旗风。南朝四百八十寺,多少楼台烟雨中。"这首诗中,自然美色和人间风景在春日烟雨中融为一体,犹如一幅彩墨长卷。清人高鼎的《村居》,也是写春景,却是另一种风格的风情画:"草长莺飞二月天,拂堤杨柳醉春烟。儿童散学归来早,忙趁东风放纸鸢。"青山绿水中,孩童在柳烟中奔跑,风筝在蓝天上飘飞,春天把生机和欢乐带到了人间。

古人咏柳

最近去悉尼，住在情人港附近的一家宾馆中。从窗外俯瞰，正好面对一个名为"谊园"的中国园林，只见小桥流水和亭台楼阁掩隐在树丛中。园林里，最怡人视线的是柳树，我数了一下，总共不到二十株柳树，却形成一片美妙的风景：风吹过，绿浪漾动，飘逸柔美，使我想起西湖畔的柳浪闻莺。这是我梦中的故乡景象。

触景生情，也想起中国古诗中那些咏柳的妙句。

古人写柳树，流传最广的是贺知章的《咏柳》："碧玉妆成一树高，万条垂下绿丝绦。不知细叶谁裁出，二月春风似剪刀。"这首诗的第一句，以"碧玉"喻指柳树，总觉得有些牵强，碧玉有其翠绿，却无法让人联想柳丝的飘逸柔美，我至今读来仍无共鸣。此诗广为流传，主要是后面的两句，把春风比作剪刀，裁剪出满树柳叶，这奇思妙想，确实是贺知章的独创。这首诗写柳树，也传达了春天来临时欢快清新的心情。

印象中还有几首吟咏柳树的诗，虽不如贺知章这首，也值得一读。宋人杨万里写过《新柳》："柳条百尺拂银塘，且莫深青只浅黄。未必柳条能蘸水，水中柳影引他长。"贺知章写了春风里的一株柳树，杨万里却写了湖畔的一片柳林，还描绘了水中倒影，犹如一幅湿润的水彩画。清代高鼎的《村居》，形象地描绘了早春二月的美景，其中也有柳树的影子："草长莺飞二月天，拂堤杨柳醉春烟。儿童散学归来早，忙趁东风放纸鸢。"李商隐也写柳树，那是另外一番景象："曾逐东风拂舞筵，乐游春苑断肠天。如何肯到清秋日，已带斜阳又带蝉。"李商隐这首题为《柳》的七绝，写的是秋风中的柳树，在夕阳蝉鸣中，回首昔时春光，引发于心的是苍凉和失落。

白居易有一首咏柳七律《题州北路傍老柳树》，也许熟悉的读者不多。他写的是一棵无人看顾的柳树，枝短叶凋，垂垂老矣："皮枯缘受风霜久，条短为应攀折频。但见半衰当此路，不知初种是何人。雪花零碎逐年减，烟叶稀疏随分新。莫道老株芳意少，逢春犹胜不逢春。"这样的老柳树进入诗人的眼帘，并被吟咏，其实还是借景抒情，触类旁通，感叹老人的晚景凄凉。最后两句，尤其让人读来心酸。当二月春风裁剪着嫩柳细叶时，这棵衰凋的老柳树怎能不顾影自怜。

在中国古诗中，柳的形象含义很丰富。古人送别怀乡，常和柳树相伴，李白《金陵酒肆留别》："风吹柳花满店香，吴姬压酒唤客尝。金陵子弟来相送，欲行不行各尽觞。"郑谷《淮上与友人别》："扬子江头杨柳春，杨花愁杀渡江人。数声风笛离亭晚，君向潇湘我向秦。"吴文英《风入松》："楼前暗绿分携路，一丝柳、一寸柔情。"古人分手，折柳相送，"此夜曲中闻折柳，何人不起故园情。"汉语中的"依依惜别"，就来自《诗经》中的"昔我往矣，杨柳依依"。

花柳本无私

写过《古人咏柳》，感觉意犹未尽，脑海里还涌动着不少和柳有关的古人诗句。很多诗，并非专门咏柳，但出现柳树的形象，让人读而难忘。搜索记忆，有柳树意象的诗句很多：

青青河畔草，郁郁园中柳。(《古诗十九首》)

两个黄鹂鸣翠柳，一行白鹭上青天。(杜甫《绝句》)

渭城朝雨浥轻尘，客舍青青柳色新。(王维《送元二使安西》)

杨柳东风树，青青夹玉河。(王之涣《送别》)

曾栽杨柳江南岸，一别江南几度春。(白居易《忆江柳》)

山重水复疑无路，柳暗花明又一村。(陆游《游山西村》)

柳送腰支日几回，更教飞絮舞楼台。(陈与义《柳絮》)

……

这些出现柳树的诗句，有些可谓脍炙人口，譬如杜甫的"两个黄鹂鸣翠柳"，陆游的"柳暗花明又一村"，在中国妇孺皆知，童年时，我的外婆就教我背过这些诗。柳树若有知，应该为人类对它们的留恋赏识而欣慰。

刘禹锡写过《忆江南》，其中有众人挥动柳枝送别的情景，读来既心惊又感人："春去也！多谢洛城人。弱柳从风疑举袂，丛兰裛露似沾巾，独坐亦含矉。"在刘禹锡的记忆中，这也许是最难忘怀的美好情景之一，离开洛城时，洛城百姓对他的留恋和感激，在一片挥动的柳枝中表达出来，让他想起来就感动。

古诗中出现柳树，并非只为形容春光，这些随风飘动的枝叶常和愁绪相连。想起了宋代诗人冯延巳，他写过妙句"风乍起，吹皱一池春水"，被同道以"吹皱一池春水"戏称。柳树，也是常常出现在他词作中的意象。冯延巳写过几阕《鹊踏枝》，其中都有柳树，如"撩乱春愁如柳絮，悠悠梦里无寻处""河畔青芜堤上柳，为问新愁，何事年年有？独立小桥风满袖，平林新月人归后"。其中有一篇描绘的是闺怨，杨柳在词中起了烘托渲染的作用："六曲阑干偎碧树，杨柳风轻，展尽黄金缕。谁把钿筝移玉柱，穿帘海燕双飞去。满眼游丝兼落絮，红杏开时，一霎清明雨。浓睡觉来莺乱语，惊残好梦无寻处。"

在古人诗中，柳树也常被用来比喻美女：杨柳腰、垂柳枝，是形容女子的腰肢；柳夭桃艳、柳弱花娇，都是描绘女子的苗条和美貌。不过，到后来，柳的意象变得有点暧昧，它们似乎专指青楼娼妓，所谓"柳户花门""烟花柳巷""柳巷花街"，都是青楼妓院的代名词，而成语中的"寻花问柳"，则是风流男人不端行为的代称。更有指代性病的"花柳病"，将柳的形象推上了丑陋的极端。

婀娜杨柳，本是春光春色中优美的形象，其誉其毁，都来自文人的想象力。不由想起杜甫的诗句："江山如有待，花柳本无私。"春风中的柳树，不会因为人的诋毁而收敛它们美妙的姿色。

江畔独步寻花记

苏东坡喜欢杜甫的诗，在为他人写字时，常常抄杜诗，但他却偏偏不选名篇，而写杜诗中那些偶尔流露浪漫性情的诗句，如《江畔独步寻花》：

> 黄四娘家花满蹊，千朵万朵压枝低。留连戏蝶时时舞，自在娇莺恰恰啼。

苏东坡在他的一篇小品文中这样议论："此诗虽不甚佳，可以见子美清狂野逸之态，故仆喜书之。昔齐鲁有大臣，史失其名。黄四娘独何人哉，而托此诗以不朽，可以使览者一笑。"这篇短文的结论，似乎是达官贵人不如妓女。大臣的显赫在他当权时，时过境迁，便被人忘得干干净净；而一个青楼佳人，却因为诗人的描写而千古留名。这其实也是对文学和艺术影响力的赞美。这样的文字，使我很自然地想起李白的诗句："屈平辞赋悬日月，楚王台榭空山丘。"黄四娘和屈原，当然不能同日而语，屈原的诗篇如日月高悬，永世不落，而黄四娘，只是一个青楼女子，但是杜诗不死，四娘也就活在他的诗中。

苏东坡关于《江畔独步寻花》的这段议论，使我想起莎士比亚的一首十四行诗：

> 无论我是活着为你撰写墓志铭，
> 还是你活着而我已在地下腐烂，
> 即便我已被世界遗忘得一干二净，
> 死神却无法把我对你的赞美夺走，
> 你的名字将在我的诗中得到永生，
> 尽管我已死去，在人间销声匿迹，
> 留在大地上的只有一座荒坟野塿，
> 而你却会长留在人们的视野里。
> 未来的眼睛将对你百读不厌，
> 未来的舌头也将对你长诵不衰，
> 而现在呼吸的人们则早已长眠。
>> 我强劲的笔将使你活在蓬勃的世界上，
>> 在活动的人群里，在人们口中。

莎士比亚的这首诗，被译成中文后读来有点拗口，我想那是翻译的问题，不过这首诗的意思很明白。诗人的生命虽然卑微，和任何人一样，生命结束，一切都终结。然而真正的诗和艺术不死，诗中讴歌的人和事物，不会随诗人的生命消失。莎士比亚诗中的"你"，是人间永远的秘密，谁也无法知晓那个"你"是谁。但她（或者他），正如诗人所说，"你"将因为这些诗句的流传，活在人们的眼睛里，活在人们的传诵中。莎士比亚诗中的"你"，和杜甫笔下的黄四娘，在这一点上有相同的命运，因为诗歌的传世，他们永远地活下来，活在一代代吟诵这些诗歌的读者的眼睛里，活在读者的吟诵中。

今天读《江畔独步寻花》，仍能感受到杜甫写此诗时欢悦轻松的心情。他一个人在江畔寻找美景，归来后作诗，满纸都是黄四娘家里美景，繁花盛开，彩蝶飞舞，娇莺啼鸣，似乎没有人物出现，其实诗中所有的意象都与黄四娘有关，都是在写诗人和黄四娘共度的美妙时光。谁也不知道和杜甫同时代的黄四娘的故事。她的美貌，她的热情，她和诗人之间的交往，早已模糊得找不到任何踪影。但是杜甫的诗活着，黄四娘就活着，而且可以引出读者的无穷想象。

野渡无人

　　唐代文人善于以诗表现大自然的美妙，寥寥数行，便描绘出一幅意境幽远的山水风景画。汉字渲染色彩和构筑画面的能力，在唐诗中表现得登峰造极。写山水的唐诗佳作不胜枚举，有几首写的是乡间的普通风景，但在我的印象中却特别深刻，童年时诵读，至今心向往之。

　　韦应物的《滁州西涧》，是唐诗中写景的名篇：

　　　　独怜幽草涧边生，上有黄鹂深树鸣。春潮带雨晚来急，野渡无人舟自横。

　　韦应物这首诗中描绘的是很寻常的自然景象：溪涧边的小草，树荫里的鸟鸣，傍晚雨中，春潮涌动，河边渡口没有艄公，没有渡客，只有一条渡船被流水推动，悠然横陈在河面。这样幽静恬淡的景色，听不见喧闹市声，看不到嘈杂人迹，只有自然和天籁不露形迹地飘飞流淌，让读者随之神思漾动。初读此诗，说不清它表现的是什么意境，但却被吸引、被感动。尤其是生活在热闹都市中的

169

人，会被这些诗句带到清幽的大自然中，简洁朴素的文字，却让人感受到一份野趣、一份超然物外的情怀。

韦应物是中唐诗人，写这首诗时在做滁州刺史，是当地的高官。写这样的诗，是游览途中触景生情，偶然得之，似乎是表达一种悠闲的心情。但仔细品味，又不是那么简单。"独怜幽草"，被很多人解读为诗人安贫守节，不攀高媚权的胸襟，而"野渡无人舟自横"，也有人读出作者的无奈，自己虽居高位，却无力改变世道的不公。这些解读，大概不能都算牵强附会，尤其是在了解了诗人的经历和他所面临的世道之后。写景寄情，很正常。但对现代的读者来说，这样的解读还是有点勉强。其实，就是在古代，也有人不同意过度解读这首诗，认为"此偶赋西涧之景，不必有所托意"。一首山水诗，写得自然优美，能让人共鸣，引人入胜，就是上品佳作。"野渡无人舟自横"成为千古名句，不是因为句中蕴涵多少题外之意，而是因它巧妙地描绘出一种超然安宁的自然状态。我想，今人读这首诗，还是把它当成一幅宁静优美的山水画来欣赏更贴切。

晚唐诗人崔道融有七绝《溪居即事》，虽流传不广，却也值得一读：

> 篱外谁家不系船，春风吹入钓鱼湾。小童疑是有村客，急向柴门去却关。

这首诗，也是用简朴的文字和平常的语言，描画出优美恬静的水乡风景。和韦应物《滁州西涧》有异曲同工之妙，也是写水、写风、写船，韦应物写景不见人，而这首诗中却有人物出现，那个在春风里奔向柴门迎客的小童，是静谧山水画中灵动的一笔。

唐人咏梅

梅花是中国人的花。在冰天雪地中梅花傲然绽放，是春天的先兆，是生命坚忍美丽的象征。无法统计古往今来有多少人赞美过梅花，用文字，用画笔，用音乐。

古诗中的梅花，在唐代以前就有。有人咏梅颂春，也有人通过梅花写闺怨、写友情。晋代诗人陆凯，曾经折梅赠远方友人，并附短诗："折梅逢驿使，寄与陇头人。江南无所有，聊赠一枝春。"被后人传为佳话。陆凯这首写梅花的诗，是唐代之前咏梅诗中被人传诵较多的一首。唐诗中风花雪月不计其数，咏梅诗也很多，李白、杜甫、王维、李商隐，都在诗中吟咏过梅花。

李白的"郎骑竹马来，绕床弄青梅""五月梅始黄，蚕凋桑柘空"，诗中出现梅字，其实并非吟咏梅花。"五月梅始黄"，写的是梅子成熟的景象。李白的时代，梅树大多是果梅，梅花还没有成为专被用作观赏的花，人们更多注意花后的果实。

杜甫有《江梅》："梅蕊腊前破，梅花年后多。绝知春意好，最奈客愁何？雪树元同色，江风亦自波。故园不可见，巫岫郁嵯峨。"杜甫是借梅花写思乡客愁。在杜诗中，这些句子平平无奇，纵览古人咏梅诗，也不算上乘之作。

王维两首五绝咏梅，其一："君自故乡来，应知故乡事。来日绮窗前，寒梅著花未？"唐人咏梅诗中，这四句流传较广，不过诗的意境，并非直接描绘梅花，也不是赞颂梅花，只是借问梅讯表达思乡之情。其二："已见寒梅发，复闻啼鸟声。心心视春草，畏向玉阶生。"诗写得委婉曲折，但读后似乎无法留下对梅花的印象。

李商隐写过几首梅花诗，一首五绝《忆梅》："定定住天涯，依依向物华。寒梅最堪恨，长作去年花。"另一首《十一月中旬至扶风界见梅花》："匝路亭亭艳，非时袅袅香。素娥惟与月，青女不饶霜。赠远虚盈手，伤离适断肠。为谁成早秀？不待作年芳。"李商隐也是通过梅花感叹韶光流逝，诗中对梅花的描绘，有前人未提及的意象，梅花的繁茂、幽香，还有月光霜雪般的高洁，被构织成简洁而多彩的诗句。不过，在李商隐的诗作中，这两首咏梅诗都不能算精品，现在也大概不会有多少人记得。

唐诗中，咏梅诗写得较出色的，我以为还是齐己和王适的两首，虽然名声不算大，但值得一提。齐己的诗题为《早梅》："万木冻欲折，孤根暖独回。前村深雪里，昨夜一枝开。风递幽香出，禽窥素艳来。明年如应律，先发望春台。"诗中寒梅雪夜绽开，风递幽香，在严冬引发生命律动，传送春天消息，写得生动而有情趣。王适的诗题为《江上梅》："忽见寒梅树，花开汉水滨。不知春色早，疑是弄珠人。"此诗中妙的是后两句，梅花在寒冬吐苞，观花人不知春讯已发，以为江畔有人弄珠。梅花骨朵如珠，很形象。

以前有一种看法，宋人"以理入诗，味同嚼蜡"，和唐诗不能相提并论。然而拿宋人的咏梅诗和唐诗作比较，这种看法便站不住脚了。

杜甫和竹

杜甫有名句："新松恨不高千尺，恶竹应须斩万竿。"所以在世人眼里，杜甫讨厌竹子。其实，杜甫爱竹，除了这两句，他的所有咏竹篇都是褒扬之词，譬如"嗜酒爱风竹，卜居必林泉""杖藜还客拜，爱竹遗儿书""竹深留客处，荷净纳凉时"……读这些诗句，哪里有半点厌竹的影子。

杜甫的五言律诗《严郑公宅同咏竹》，和"恶竹应须斩万竿"意思恰好相反，很可一读：

> 绿竹半含箨，新梢才出墙。
> 色侵书帙晚，阴过酒樽凉。
> 雨洗涓涓净，风吹细细香。
> 但令无剪伐，会见拂云长。

以如此欣喜的心情，细腻地描绘对竹的喜好，在唐诗中也是很突出的。其中"但令无剪伐，会见拂云长"两句，正好是对"恶竹应须斩万竿"的否定。这两句诗，使我想起李商隐咏竹的名句：

"皇都陆海应无数，忍剪凌云一寸心。"异曲同工，都是对新竹的怜爱。

杜甫的《严郑公宅同咏竹》，歌颂的是春天的新竹，出土不久"半含箨"，新梢刚刚过墙，是嫩竹。和风细雨中，新竹摇曳生姿，让杜甫情不自禁生出怜爱之心，担心它们被人剪伐，受到伤害。如此怜竹爱竹，怎么可能又要"斩万竿"呢？

其实也不费解。杜甫要斩的是"恶竹"。什么是恶竹？当然不会是他由衷赞美的青青新竹。我理解，这恶竹，应是那些杂乱丛生，遮挡了看风景视线的野竹，是那些已经衰老枯黄、没有了美感的迟暮老竹。这样的竹子，留也无益，不如砍去，让更多的新竹嫩竹破土而出。用"新松"对"恶竹"，其实是作诗时对仗的需要。更妥帖的对仗，其实应该是用"新竹"来对"恶竹"。我这么说，也许会被人笑，但是读了杜甫那些对竹充满欣赏和怜爱的诗句后，生出这样的想法，也很自然。

近日去成都，重游杜甫草堂。草堂中绿竹成荫，竹荫中曲径通幽。那天下着微雨，眼帘中的修竹无论大小，一枝枝青翠欲滴，风中似乎飘漾着竹叶的清香。这情状，正是杜甫在诗中描写过的景象："雨洗涓涓净，风吹细细香。"杜甫草堂中有好几尊杜甫的塑像，他的周围竹荫环绕，这应该是诗人喜欢的环境吧。

留取丹心照汗青

文天祥在北京被忽必烈处死时，才四十八岁。他穿过都城街市慷慨赴义，万众相送，天地悲泣。文天祥这个崇高不屈的名字，从此镌刻在中国人的心里。

在中国的文学史中，文天祥也许不算是辉煌巨星，但他的诗中表现出来的精神和气节，光照后人，无可替代。"人生自古谁无死，留取丹心照汗青"，这两句诗，七百多年来在中国人心中不绝鸣响，这是文天祥留在人间的永恒心声。

文天祥写这两句诗时，是一个失去自由的俘虏，国破家亡，前途凶险。在元军的船上，面对无边风浪，面对死亡的威胁，他写出了《过零丁洋》：

辛苦遭逢起一经，干戈寥落四周星。

山河破碎风飘絮，身世浮沉雨打萍。

惶恐滩头说惶恐，零丁洋里叹零丁。

人生自古谁无死，留取丹心照汗青。

175

　　文天祥为何写这首诗？作者有自注："上巳日，张元帅令李元帅过船，请作书招谕张少保投拜。遂与之言：'我自救父母不得，乃教人背父母，可乎？'书此诗遗之。李不得强，持诗以达张，但称'好人好诗'，竟不能逼。"在海上，元军统帅张弘范逼迫文天祥出面招降坚守崖山的宋军统帅张世杰，文天祥写了这首诗，真挚深沉，昭然明志，誓死不从。

　　此诗的前两句"辛苦遭逢起一经，干戈寥落四周星"，是文天祥对自己身世的交代和自叹；三四句"山河破碎风飘絮，身世浮沉雨打萍"，是对国家危亡情势的描述。文天祥以自己的学问和才华，在南宋都城临安考中状元，然而国难当头，他无法施展文学上的抱负。他身处的时代，南宋已经岌岌可危，朝廷中的文武百官对国家的前途大多失去了信心，人人自保，投降派的声音压倒了主战的呼吁。文天祥是真正决心抗战救亡的将领，但是他的抗战主张没人理睬，一直受到投降派的压制。元兵大军压境时，文天祥倾家荡产，筹饷募集民兵进京勤王，却被奸臣阻挠，解除兵权。京城危急时，朝廷中管事的丞相逃跑，文天祥临危授命，被派去议和。面对盛气凌人的元军统帅，文天祥不卑不亢，提出只议和不议降，要元军先撤兵，再谈判。元军统帅大怒，将他扣留。在押解去北京的路上，文天祥设计逃脱，辗转回到南宋故土，继续抗敌，最后还是寡不敌众，兵败被俘。写此诗，就是在元军向漂泊海上的南宋小朝廷发起最后进攻之时，船过零丁洋，诗人悲愤难抑，百感交集。此诗的颈联，巧妙地利用了两个地名："惶恐滩头说惶恐，零丁洋里叹零丁。"这两句诗，将一个爱国人士人生的曲折无奈，将当时所处的险境，以及忧愤的心情，表现得淋漓尽致，家事国事天下事，事事忧心如焚。这两句诗，是妙手偶得，凸现了诗人的才华。如果此诗到此为止，也不失为佳作，但这只是一首悲愤沉郁的诗。全诗最动人、最震撼人心的声音出现在最后，就像一曲悲伤的咏叹调，在结尾处发出激越昂扬的高音："人生自古谁无死，留取丹心照汗青！"有了这两句，这首诗的格调、境界和意蕴便得到无限升华。

文天祥的名作，除了《过零丁洋》，还有《正气歌》和《扬子江》。文天祥第一次被押解去北京逃脱之后，星夜赶赴江南，乘船经过长江时，写七绝《扬子江》表明心迹："几日随风北海游，回从扬子大江头。臣心一片磁针石，不指南方不肯休。"这也是一首撼人心魄的诗，后两句，同样是千古绝唱。文天祥最后被俘，在北京被关押三年，不为威逼利诱所动，至死不降。在关押期间，他写出了另一首不朽名作《正气歌》："天地有正气，杂然赋流形。下则为河岳，上则为日星……"此诗洋洋洒洒六十行，披肝沥胆，说古道今，通篇洋溢着浩然之正气。

我以为，文天祥这三首名作中，最打动人的，还是《过零丁洋》。

促织之鸣

　　秋风起时，蟋蟀的鸣唱便在四野响起，清亮而幽远，引人遐想。童年时养过蟋蟀，也到乡下的田野里捕捉过蟋蟀。迷恋蟋蟀时，曾对和蟋蟀有关的一切都感兴趣，包括写蟋蟀的文字。

　　在中国古典文学中，涉及蟋蟀的作品给人以深刻印象。对现代读者来说，影响最大的，当然数《聊斋志异》中的《促织》。这是充满想象力的故事，人和蟋蟀角色互换，罗织成跌宕起伏的传奇，人间的悲欢离合，皆因小小的蟋蟀而起。

　　中国古代诗歌中，将蟋蟀作为歌咏对象的也有不少。在古老的《诗经》中，就有具体描绘蟋蟀的篇章，那是《豳风·七月》："五月斯螽动股，六月莎鸡振羽。七月在野，八月在宇，九月在户，十月蟋蟀入我床下。"这些诗句，对蟋蟀的生长规律和生活习性作了详细生动的描述，也写出了人类和这种会唱歌的小昆虫之间的亲密关系。在后来的古诗中，也未见有人对蟋蟀作如此贴切准确的描绘。《诗经》中，还有另一篇关于蟋蟀的《唐风·蟋蟀》："蟋蟀在堂，岁聿其莫。今我不乐，日月其除。无已大康，职思其居。好乐无荒，良士瞿瞿。蟋蟀在堂，岁聿其逝。今我不乐，日月其迈。无已大康，职思其外。"现代人，读这样的文字，有点费解了。这里写到蟋蟀，其实只是以蟋蟀作一个引子，引发对人生和岁月的感慨，诗中并无对蟋蟀的描绘，在秋风中听到蟋蟀的鸣唱，联想到的是时光的流逝，岁月的无情，是由此而生的人生急迫感。数千年前的咏叹，现代人还能吟之而共鸣。

蟋蟀被称为"促织"，原因是它们鸣唱的声音。夜晚，女人们坐在织机前织布，从四面八方传来的蟋蟀鸣唱仿佛是在催促她们勤快挥梭，"促织"之名便由此而来。谁是首创者，无从查考。在汉代《古诗十九首》中，已见"促织"出现："明月皎皎光，促织鸣东壁。"《古诗十九首》中另一处出现蟋蟀："晨风怀苦心，蟋蟀伤局促。"促织和蟋蟀，那时已经是人所共知的同义词。蟋蟀得名促织，显见它们和人类生活的密切关联。

唐代诗人罗隐有《蟋蟀诗》，也许是古人咏蟋蟀的诗篇中最具体的一首，此诗为四言诗，形式类似《诗经》和汉赋，内容则别出心裁，诗人似与蟋蟀对话，写得很有感情。其中写蟋蟀的生活形状："顽飔毙芳，吹愁夕长""周隙伺榻，繁咽夤缘"。写蟋蟀的鸣唱："如诉如言，绪引虚宽""坏舍啼衰，虚堂泣曙"。最后还在蟋蟀的鸣唱中发出惆怅的叹息："美人在何，夜影流波。与子伫立，裴回思多。"这首诗，写得古气十足，大概当时的人诵读也会有晦涩之感，没有广为流传，很正常。杜甫也写过《促织》，比罗隐的《蟋蟀诗》通俗直白得多，描写的生动和感情的深挚，却更胜一筹："促织甚细微，哀音何动人。草根吟不稳，床下意相亲。久客得无泪，故妻难及晨。悲丝与管弦，感激异天真。"从蟋蟀的鸣唱，引出羁旅游子的思乡情怀，写得自然真切，让人感动。

在古诗中，蟋蟀的鸣唱大多是愁苦的"哀音"，不过也有例外。我记忆中印象亲切的蟋蟀诗，是宋人叶绍翁的七绝《夜书所见》："萧萧梧叶送寒声，江上秋风动客情。知有儿童挑促织，夜深篱落

179

一灯明。"喜欢这首诗，其实是因为后两句，诗中对儿童夜间挑灯捕捉蟋蟀的描绘，常使我想起童年去乡下捉蟋蟀的情景。在手电和蜡烛的微光中，那透明羽翅的振动，那晶莹长须的飘拂，曾经怎样激动欢悦了一个天真少年的心。

劝学和惜时

古人写过不少劝学诗，从诗歌欣赏的角度看，未必有多少艺术性，但在老百姓中流传很广，所有的读书人，童年时都学过这样的诗句。譬如《神童诗》中的句子："自小多才学，平生志气高。别人怀宝剑，我有笔如刀。""朝为田舍郎，暮登天子堂。将相本无种，男儿当自强。"譬如"少小不努力，老大徒伤悲"；"劝君莫惜金缕衣，劝君惜取少年时。有花堪折直须折，莫待无花空折枝。"当然，还有"书中自有黄金屋，书中自有颜如玉"之类。从前成人教子，在这些诗句中各取所需，让孩子背诵。我小时候，就在日记本上抄过其中的句子。

后来读古诗多了，发现一些更有趣的劝学诗。劝学诗中，韩愈的《劝学诗》很有名："读书患不多，思义患不明。患足己不学，既学患不行。"短短二十个字，讲了很多读书的道理，书要多读，还要多思，要真正明白书中的道理、读书不能满足，要学以致用，要重实践。说到读书的境界，不得不提到朱熹的两首《观书有感》，都是脍炙人口的名篇，其一："半亩方塘一鉴开，天光云影共徘徊。问渠那得清如许，为有源头活水来。"其二："昨夜江边春水生，艨艟巨舰一毛轻。向来枉费推移力，此日中流自在行。"书读到这样的境界，当然是智者，是大学问家了。

和劝学诗相类的，有不少提倡惜时的诗，譬如大书法家颜真卿写过一首《劝学》："三更灯火五更鸡，正是男儿读书时。黑发不知勤学早，白首方悔读书迟。"这样的诗，比空讲道理的规劝有意思。陶渊明也写过一首劝人珍惜时间的诗："盛年不再来，一日难再晨。及时当勉励，岁月不待人。"

说到惜时诗，很自然地想起古人的《昨日歌》《今日歌》和《明日歌》。这三首诗，出现在不同的时代，但如出一辙，都是用大白话，讲了珍惜生命的道理。

《昨日歌》："昨日兮昨日，昨日何其好！昨日过去了，今日徒烦恼。世人但知悔昨日，不觉今日又过了。水去汩汩流，花落日日少。万事立业在今日，莫待明朝悔今朝。"

《今日歌》："今日复今日，今日何其少！今日又不为，此事何时了？人生百年几今日，今日不为真可惜！若言姑待明朝至，明朝又有明朝事。为君聊赋今日诗，努力请从今日始。"

《明日歌》："明日复明日，明日何其多。我生待明日，万事成蹉跎。世人若被明日累，春去秋来老将至。朝看东流水，暮看日西坠。百年明日能几何？请君听我明日歌。"

这三首诗，现在读来，依然觉得生动晓畅，道理也讲得通俗贴切，可以引起今人共鸣。

悠然见南山

"采菊东篱下，悠然见南山。"这是陶渊明的名句。从字面上看，这两句诗，似乎很平常，诗人在家门东面的篱笆下俯身采一朵野菊花，抬起头来，无意中看到了远方的山峰。诗中没有深入细腻的捕绘，也没有夸张的形容，只有"悠然"两字，是对诗中人情状的描写。为什么这两句诗使那么多人心生共鸣？千百年来，不知有多少人引用这两句诗，表达一种悠闲的生活状态，一种超然宁静的精神境界。

这两句诗，出自陶渊明组诗《饮酒》，这组诗，共二十首，"采菊东篱下"，只是其中一首，全诗如下：

> 结庐在人境，而无车马喧。
> 问君何能尔？心远地自偏。
> 采菊东篱下，悠然见南山。
> 山气日夕佳，飞鸟相与还。
> 此中有真意，欲辨已忘言。

陶渊明是一个拒绝了尘世烦扰的乡间隐士，这首诗是他生活和精神状态的真实写照。此诗的前四句，很有意思。诗人"结庐"隐居的地方，是在"人境"，并非世外桃源，却听不见车马喧闹，这怎么可能？诗人自问自答，答案是："心远地自偏"，意思是，只要精神上远离了人间喧嚣倾轧，周围的环境自会变得清静。接下来，就是"采菊东篱下，悠然见南山"了。这是诗人对自己的生活情景的生动描绘。一个采花的动作，一次无意的遥望，表现出人和风景之间最自然的交流，"悠然"两字，显然是点睛之墨，诗人的神态、心情，都被烘托出来。苏东坡曾这样评价这两句诗："采菊之次，偶然见山，初不用意，而境与意会，故可喜也。"再下面两句，是对南山风景的进一步描绘，晚霞如锦，飞鸟投林，一派宁静优美和安谧，这也是诗人心境的写照。最后两句，意味深长。"此中有真意，欲辨已忘言"，此中真意是什么？那必定是深奥博大的人生哲理，穷极宇宙人寰，然而诗人却没有说出答案，只有无声的"忘言"，留给读者阔大的想象空间。这两句诗，使我想起泰戈尔《飞鸟集》的句子："小道理可以用文字说清，大道理只有沉默。"

陶渊明是他那个时代最杰出的诗人。有人评断，汉魏南北朝八百年间，没有一个诗人的成就可以和他相提并论。从对后代的影响来看，这样的评价并不为过。他写了大量的田园诗，表达了对大自然和劳动者的亲近，那种淡泊真实，情景交融，在古代诗人中难有人与之比肩。他的《桃花源诗并记》，创造了一个脱离尘世喧嚣的人间乌托邦，那种对理想的追寻和沉浸，至今仍让人神往。在喧嚣的时代，读一下陶渊明的诗，可以使人沉静。

逢秋不悲

古诗中，悲秋之声历代不绝，几乎所有诗人都曾在秋天发出悲凉凄怆的哀叹。杜甫的《登高》，可以说是其中代表作："风急天高猿啸哀，渚清沙白鸟飞回。无边落木萧萧下，不尽长江滚滚来。万里悲秋常作客，百年多病独登台。艰难苦恨繁霜鬓，潦倒新停浊酒杯。"在秋天读这样的诗，难免心绪怅惘。住在城里的现代人听不见风中猿啸，看不到无边落木，但读着"万里悲秋""百年多病""艰难苦恨""潦倒"这样的词汇，引起的联想也不会欢悦。

自然界的一年四季中，色彩最丰富的其实是秋天。秋天是成熟的季节，也是生命更新换代的季节，春夏的绿色，在秋风中千变万化，呈现出无数奇妙的颜色。秋光美景，当然不会被古代敏感的诗人忽略。唐人王绩在诗中这样描绘秋色："树树皆秋色，山山唯落晖。"宋之问秋游桂林时曾感叹："桂林风景异，秋似洛阳春。"苏东坡在《赠刘景文》中这样咏秋："一年好景君须记，最是橙黄橘绿时。"诗人心情好时，秋天就是最美的季节。

刘禹锡喜欢秋天，有他的《秋词二首》为证。

《秋词》之一："自古逢秋悲寂寥，我言秋日胜春朝。晴空一鹤排云上，便引诗情到碧霄。"自古诗人逢秋必悲，刘禹锡却认为秋意胜过春景，看到蓝天中一只自由飞翔的白鹤，引发诗人的激情和向往。诗人的心绪随鹤高飞，诗情昂扬冲碧霄，这是浪漫的豪情。

《秋词》之二："山明水净夜来霜，数树深红出浅黄。试上高楼清入骨，岂如春色嗾人狂。"这首诗前两句描绘了秋天的景色，尤其是第二句，颇使我共鸣。秋天的山林，色彩缤纷烂漫，一些红色枝叶掺杂在青黄之中，耀眼如火。北京香山的黄栌，秋叶深红，深秋时满山遍野一片红色，如生命之火熊熊燃烧，绝无枯萎之态。即便是枯黄的树叶，也未必让人感觉是生命的衰退，譬如银杏树，秋风起时，绿叶变成耀眼的金黄色，在枝头如满树阳光，在风中飘落时像金色的蝴蝶自由翩跹。刘禹锡此诗的后两句，值得玩味。在秋风中登楼远望，虽然凉风刺骨，但秋日旷达高远的景象，使人心胸开阔，思想清澈，不会像浓艳的春色让人轻狂。

秋天在诗中的形象，其实和诗人的情绪相关。年轻时在崇明岛"插队落户"时，我曾以悲凉的心情咏叹在秋风中飘飞的芦花。二十多年前，我写过《秋兴》，诗中表达的是和刘禹锡相同的感受：

> 谁说秋风里生命走到了尽头，
> 飘飘坠落的枯叶便是衰亡的象征？
> 你看那些压弯枝头的累累果实，
> 那色彩那芳馥总使我萌动春心……

龟虽寿

东晋的都城建业，也就是今日南京。大将军王敦，曾是京城中显赫之人，每天晚上，从王敦的将军府中，会传出吟诵诗歌的铿锵之声，所诵诗句，清晰可闻："老骥伏枥，志在千里。烈士暮年，壮心不已……"王敦吟诵此诗时，常有人应声而和，因为，这是大家都熟悉的诗歌。《世说新语》中曾经记载这件事，说王敦每次喝了酒，便大声咏诵这四句诗，而且"以如意击打唾壶为节，壶口尽缺"。

王敦的如意和那个缺口的唾壶，早已无迹可寻，但是他咏诵的诗句，却一直流传到现在。这四句诗，作者是曹操，是他的《龟虽寿》中的句子。《龟虽寿》和《观沧海》，同是曹操《步出夏门行》中的一章，两首诗，都是曹操的名篇。且看《龟虽寿》全诗：

神龟虽寿，犹有竟时。腾蛇乘雾，终为土灰。老骥伏枥，志在千里。烈士暮年，壮心不已。盈缩之期，不但在天；养怡之福，可得永年。幸甚至哉，歌以咏志。

这首诗，一开场就用了两个典故。一是神龟，二是腾蛇。神龟出自《庄子·秋水篇》："吾闻楚有神龟，死已三千岁矣。"螣蛇出自《韩非子·难势篇》："飞龙乘云，螣蛇游雾，云罢雾霁，而龙蛇与蝇蚁同矣。"神龟长寿三千年，还是难免一死；螣蛇如龙攀云驾雾，等云雾消散，便卑微如尘土。人呢，人怎么样？前面四句的铺垫，似乎会引出人生无常、生命短暂的悲叹。然而我们却听见了石破天惊的声音，听见了当年王敦以如意击唾壶慷慨吟诵的那四句："老骥伏枥，志在千里。烈士暮年，壮心不已。"这样的声音，可以说是前无古人。写这首诗时，曹操五十三岁，当时刚击败袁绍父子，平定北方乌桓，宏图初展，雄心勃勃，这些诗句，抒发了他的豪情壮志。他把自己比作一匹老马，虽然屈居枥下，心中却依然向往着遥远的目标，准备继续驰骋千里。在激昂陈词之后，诗人又陷入深沉的哲思之中："盈缩之期，不但在天；养怡之福，可得永年。"人难免一死，人的短暂的生命，其实并非都由天命安排，如果能善自尊重，颐养身心，也可以延年益寿。对生命的这种态度，就是以现代人的眼光来看，也绝不陈腐。况且，曹操所说的颐养身心，是一种对待生活的积极态度，是"志在千里""壮心不已"的进取精神。而雄心勃勃的曹操，也以自己叱咤风云的行为，对这样的人生观做了实践。曾有人把这首诗说成精神的养生篇，不无道理。

秦皇汉武，都曾梦想过长生不老。秦始皇统一中国后，兴致勃勃远巡东海，派人入海采集不死之药，最后却死在巡行途中。然而曹操却很清醒，生命有生，必有死，这是自然规律，无法避免，神龟可以活三千年，人活不过百年，如何珍惜有限的生命，才是值得深思的问题。曹操的这首诗，其实是在回答这样的问题。

曹操和他同时代的建安七子，开创了一代诗风，《文心雕龙》中这样评价他们："观其时文，雅好慷慨，良由世积乱离，风衰俗怨，并志深而笔长，故梗概而多气也。"这就是后人所说的"建安风骨"，而曹操那些慷慨悲凉、意气风发的诗篇，是对"建安风骨"最生动的诠释。

爆竹、屠苏和桃符

关于春节的古诗，现代人最熟悉的，大概首推王安石的《元日》："爆竹声中一岁除，春风送暖入屠苏。千门万户曈曈日，总把新桃换旧符。"这首诗，写得热闹生动，有新年的欢乐气息，也有清新的含义，因此在民间广为传颂，历经数代而难被人遗忘。

王安石这首诗中，出现三个和春节有关的具体意象：爆竹、屠苏和桃符，这是中国人过年的习俗。爆竹，是发明了火药的中国人的一个创造，过年放爆竹的习俗，千百年来延续至今，是中国人除旧迎新的特殊方式。除夕夜，新年钟声敲响时，中国大地上四面八方响起的鞭炮，也许是地球上最热闹的声音。春节早晨起来，地上到处可见鞭炮的残屑。记得很多年前，我曾为《文汇报》的春节画刊题诗，其中有幅版画，画面无人，只有农家院门，门上贴着红春联，门前一地鞭炮的碎屑。我的诗句写些什么已经淡忘，但那画面还清晰地记得，这画面的含义，外国人看不懂，中国人一看就知道是过春节。这幅画的情景，其实可以用古人的诗句来描绘："新历才将半纸开，小庭犹聚爆竿灰。"这是唐代诗人来鹄的诗句。元代大书画家赵子昂也有一首七绝写春节放爆竹，写得比王安石热闹得多："纷纷灿烂如星陨，喧阗似火攻。"关于爆竹，范成大的《爆竹行》写得最详细，诗中写的是除夕夜燃放爆竹的过程，如果用来描绘现代人迎新春时的喧闹景象和内心祈祷，也无不可："食残豆粥扫尘罢，截筒五尺煨以薪。节间汗流火力透，健仆取将仍疾走。儿童却立避其锋，当阶击地雷霆吼。一声两声百鬼惊，三声四声鬼巢倾。十声连百神道宁，八方上下皆和平。却拾焦头叠床底，犹有余威可驱疠。"范成大诗中的爆竹，是将竹竿在火中烤热后击地爆炸，发出"雷霆吼"，这是真正的爆竹。用纸和火药制鞭炮，大概是后来的事情了。

王安石《元日》诗中写到的"屠苏"一说是指酒。屠苏酒，据说是用一种叫屠苏的草浸泡的酒，只是现在无人知晓屠苏草为何物，有人认为这就是江南一代的茅草。也有另一种说法，屠苏是一座草庵名，有人在庵中浸泡成药酒，能健身强骨，此酒便被称为屠苏酒。古时风俗，正月初一全家老小要聚在一起喝屠苏酒，先幼后长，轮流敬酒，最老的长辈总是最后喝。苏子由晚年诗中曾写道："年年最后饮屠苏，不觉年来七十余。"描写的就是这种习俗。

"总把新桃换旧符"，说的是桃符。桃符，是画着神像、写有神像名字的桃木板，也就是门神。正月初一清晨，将桃符挂在门上迎新避邪，这也是古代民间的一种习俗。到后来，其实是用写在红纸上的春联替代了古时的桃符。王安石这句诗，很多人有想象力丰富的解读，说这是指新生事物总是要取代没落事物，表现了诗人鼓吹改革的新进思想。这样的解读，联系王安石的身世经历，不算牵强，不过，我还是在这首诗中更多地感受到迎接新春的欢悦。

陆游的七绝《除夜雪》，写的也是除夕夜守岁迎春节："北风吹雪四更初，嘉瑞天教及岁除。半盏屠苏犹未举，灯前小草写桃符。"诗中所涉，正是王安石《元日》中的屠苏和桃符。窗外大雪纷飞，诗人独自在屋里喝酒写春联，迎接新年来临。这首诗，虽没有《元日》的欢庆气氛，却是过年时一个寂寞文人形象的生动写照。

且听先人咏明月

——漫谈中国古代关于月亮的诗篇

在人类的文学宝库中，中国的古典文学是其中的瑰宝，而中国的古诗，中国的唐诗宋词，是这瑰宝中的钻石。我们今天来欣赏古人吟月的诗篇，这些诗篇，只是中国古诗中的沧海一粟。

中国古诗中写到月亮的，不计其数。古代的诗人为什么喜欢吟月？我想，是因为月亮的美丽和神奇。在人类肉眼能观察到的宇宙天象中，月亮是最美妙的，月亮挂在夜空中，阴晴圆缺，亘古如一，神秘而亲近。古人不明白月亮出没变化的科学道理，便编出很多神奇的故事，生发出很多诗意的联想。月亮出现在中国人的诗中，绝不是单纯写景，有人望月思乡，有人咏月抒情，有人借月讽喻，不同的时候，不同的心情，不同的际遇，诗人笔下的月光便有不同的含义。在三千多年前的《诗经》中，便已出现写月亮的诗句："月出皎兮，佼人僚兮。"（月亮出来那么皎洁明亮，在月下舞蹈的佳人那么美妙动人）三千多年来，一代又一代诗人用绮丽的想象和斑斓的文笔，把月亮描绘得千姿百态，展示了中国人的浪漫和想象力。

在古诗中，月亮有很多别称，譬如"夜光"（屈原：夜光何德，

191

死则又育)、"玉盘"(苏轼：暮云收尽溢清寒，银汉无声转玉盘)、"冰轮"(陆游：玉钩定谁挂，冰轮了无辙)、"宝镜"(李朴：皓魄当空宝镜升，云间仙籁寂无声)、"玉轮"(李贺：玉轮轧露湿团光，鸾珮相逢桂陌香)、"玉兔"(辛弃疾：著意登楼瞻玉兔，何人张幕遮银阙)、"顾兔"(李白：阳乌未出谷，顾兔半藏身)、"蟾蜍"(贾岛：闽国扬帆去，蟾蜍亏复圆)、"玉蟾"(方干：凉宵烟霭外，三五玉蟾秋)、"桂魄"(苏轼：桂魄飞来光射处，冷浸一天秋碧)、"素娥"(周邦彦：纤云散，耿耿素娥欲下)、"婵娟"(刘长卿：婵娟湘江月，千载空蛾眉)……这些月亮的别称，有些只是留存在古诗中，能引起现代人的联想，有些至今仍在被沿用，譬如"婵娟"和"玉兔"。

吟咏月亮的诗篇多如繁星，但是深想一下，能被人记住，一代代流传，成为有生命的文字，还是有限的。

古人咏月的诗篇，我以为可以分为三大类：一是纯粹描绘自然美景，我们可称之为"自然的月亮"；二是以月亮为诗的载体，感慨岁月沧桑、时光流逝，也讴歌那些和月亮有关的神话传说和民间故事，尽情驰骋浪漫的想象，我们可称之为"人文的月迹"；三是在月光中怀乡思人，抒发人间的情感，我们可称之为"情感的月光"。这样分，也许并不完全合理，因为，吟月诗中的这三种情况，你中有我，我中有你，很难说哪首诗是纯粹写景，哪首诗是纯粹抒情。这样分类，也是便于我们欣赏吧。

自然的月亮

写景的咏月诗篇非常多，我只能挑选一些有代表性的作品和大家共赏。唐代诗人王维，写过不少脍炙人口的描绘美妙自然山水的诗，其中有很多吟咏月光的名句，譬如"明月松间照，清泉石上流""深林人不知，明月来相照""松风吹解带，山月照弹琴"。这些诗句，其实未必通篇写月亮，但其中写到月亮的诗句给人的印象最深，这些诗，尽管只有一两句写到月亮，但我们诵读，却能感觉到通篇皆是皎洁明朗的月光。譬如他的《山居秋暝》：

> 空山新雨后，天气晚来秋。
> 明月松间照，清泉石上流。
> 竹喧归浣女，莲动下渔舟。
> 随意春芳歇，王孙自可留。

王维的这首诗，表达的是一种安宁美妙的心境，拥有了这样的心境，才可能发现大自然如此宁静优美的景色。其中"明月松间照，清泉石上流"，是唐诗中最脍炙人口的妙句之一，已经成为中国人描绘宁静的自然之美的名句。想象一下，银色的月光从松树的枝叶间静静流射下来，照亮了在石滩上流动的泉水，清澈的泉水反射着月光，在天地间蜿蜒流动，发出晶莹的喧哗。这是何等优美宁静的景象。

唐代诗人孟浩然，也有一些写月夜景色的诗句，写得清静阔大，如同一幅幅意境幽远的画，让人读而难忘，譬如"野旷天低树，江清月近人""风鸣两岸叶，月照一孤舟""秋空明月悬，光彩露沾湿"。

刘禹锡的《望洞庭》，我以为是写月色的诗篇中很出色的一首，诗人在一个明月之夜站在洞庭湖畔遥望，把眼帘中的月下美景写成了一首七绝：

> 湖光秋月两相和，潭面无风镜未磨。
> 遥望洞庭山水色，白银盘里一青螺。

刘禹锡这首诗中描绘的月下湖光山色，令人神往。这是一个无风的月夜，月光静静抚照着洞庭湖，湖面波平如镜，如同一个巨大的银盘。最富有想象力的，是最后一句："白银盘里一青螺"，湖中的小山，就像白色银盘中的一只小小的青色田螺。我们读这首诗，眼前很形象地出现了月光下宁静的湖和山。

中秋之夜，一轮满月静静普照着天下人，哪怕是在喧嚣战乱的时代，也能给人带来几分宁馨。杜甫曾在颠沛流离中过中秋，他在旅途中写了《八月十五夜月二首（其一）》，且看他如何吟月：

> 满月飞明镜，归心折大刀。
> 转蓬行地远，攀桂仰天高。
> 水路疑霜雪，林栖见羽毛。
> 此时瞻白兔，直欲数秋毫。

杜甫这首诗，写在旅途中，动乱的年代，远离故乡，心情不会愉快。但是，当他看到出现在晴朗夜空中的一轮明月，还是会诗兴大发。在诗中，他没有张扬羁旅思乡之苦，而是细腻地描绘月光之美。一轮满月，如明镜飞入夜空。月亮高悬在天，无法攀登，但皎洁的月光是可以亲近的。这首诗的后面四句，写得浪漫而富有想象力："水路疑霜雪，林栖见羽毛。此时瞻白兔，直欲数秋毫。"月亮照在河流中，河流变成了一条银色之路，路面上似乎铺满了洁白的雪和霜；月亮照在树林中，月光如白色羽毛，在树梢上飘飞。在这样的明朗之夜遥望月宫，清晰得能数得清玉兔身上的毫毛。"瞻白兔""数秋毫"，在杜甫的诗中是难得的浪漫，这样美好的月光，安抚沉静了羁旅游子的心。

唐代诗人李朴的七律《中秋》，也是写月夜美景的佳作。

皓魄当空宝镜升，云间仙籁寂无声。

平分秋色一轮满，长伴云衢千里明。

狡兔空从弦外落，妖蟆休向眼前生。

灵槎拟约同携手，更待银河彻底清。

李朴的《中秋》，把中秋之夜的月色写得有声有色，犹如阔大壮观的画卷。我们可以欣赏这首诗的前面四句。"皓魄当空宝镜升，云间仙籁寂无声；平分秋色一轮满，长伴云衢千里明。"浩瀚广阔的夜空中，月亮像一面宝镜般升起来。万籁无声，似乎连天上的仙乐也因为惊叹美妙的月色而停止了演奏。此时，整个宇宙的主角就是夜空中那一轮皎洁的满月，把无边的天地照耀得一片通明。

其实纯粹写景的咏月诗非常少，所有涉及月色的诗篇，都表达了诗人内心复杂的情绪，我们说"自然的月亮"，只是选取那些描绘了美妙月色的佳句，如果深入分析，都可以发现隐含在月色中的情感和寄托。

人文的月迹

在古人的诗中，月亮是一个含义极其丰富的意象，它代表着缤纷多彩的历史，代表着古往今来的岁月，代表着人类心中奇妙的幻想。李白写过一首题为《把酒问月》的诗，是这类诗中出类拔萃的代表作：

青天有月来几时？我今停杯一问之。

人攀明月不可得，月行却与人相随。

皎如飞镜临丹阙。绿烟灭尽清辉发。

但见宵从海上来，宁知晓向云间没？

白兔捣药秋复春，嫦娥孤栖与谁邻？

今人不见古时月，今月曾经照古人。

古人今人若流水，共看明月皆如此。

唯愿当歌对酒时，月光长照金樽里。

　　李白的这首诗，使人想起屈原的《天问》，古人对大自然中那些难以解释的神秘现象，有过很多想象。"青天有月来几时？我今停杯一问之。"全诗以问句开场，问茫茫苍穹，月亮是什么时候出现的？没有人能回答这样的问题，诗人的发问，可以引发读者的想象。接下来两句，继续着诗人的疑问："人攀明月不可得，月行却与人相随。"人无法攀登明月，然而月亮却仿佛永远跟随着人的脚步和目光。现代的流行歌曲中有"月亮走我也走"之类的歌词，说的也是这个现象，但和李白的诗意相比，完全是两种境界了。后面四句，描绘皓月东升时的美妙景象，并继续着诗人的发问："皎如飞镜临丹阙。绿烟灭尽清辉发。"月亮升起时，如一面皎洁明亮的镜子飞到红色的宫阙楼顶，等云霞散尽，满世界都流动着月亮的清辉。这里的"绿烟"，是云霞的代称。接着诗人又对天诘问："但见宵从海上来，宁知晓向云间没？"夜幕降临时，月亮从海中升起，早晨，又隐没在云霞中，它到底从哪里来，又到哪里去？这是千古疑问，没有答案，但常问常新，激发人类的想象。下面四句，是诗人对月宫景象的遐想和询问："白兔捣药秋复春，嫦娥孤栖与谁邻？"在中国的神话中，月亮上住着玉兔和嫦娥。嫦娥奔月的故事，中国人都熟悉，李商隐写过《嫦娥》："云母屏风烛影深，长河渐落晓星沉。嫦娥应悔偷灵药，碧海青天夜夜心。"神话故事中的嫦娥是后羿的妻子，偷吃了灵药，飞到月宫，过着孤独寂寞的生活。关于玉兔，有很多种传说。一种传说，月宫中有兔子，洁白如玉，终年以玉杵捣药，制成长生不老之丹。另一种传说，嫦娥奔月后，触犯玉帝的旨意，于是将嫦娥变成玉兔，每到月圆时，就要在月宫里为天神捣药以示惩罚。还有一种传说更有意思：嫦娥奔月后，后羿和嫦娥陷入相思之苦，后羿为了和嫦娥重逢，设法变成了嫦娥最爱的小动物玉兔来到月宫，可是嫦娥始终不知身边终日相伴的玉兔就是她日夜思念的后羿。李白诗中对嫦娥和玉兔的想象，和李商隐的想象是差不多的。月宫美妙，但那里的生活一定是寂寞孤独的，所以李白发问，孤独的嫦娥，有谁与之为邻？其实这是明知故问，嫦娥的孤独，在寂寞的月宫中永无解脱的可能。后面的几句，是李白的名句："今人不见古时月，今月曾照古时人。古人今人若流水，共看明月皆如此。"明月在空中照耀着人间，这是一种永恒，人的生命一代代衰老更替，但不管是古人还是今人，在相距千百年的不同时刻抬头望夜空，看到的却是同样的一轮明月。这是李白对时空、对生命、对历史的奇思妙想。读着这些诗句，抬头仰望夜空中的明月，现代人也会想，李白当年看见的，也该是这样一轮明月吧。

李白还有一首题为《古朗月行》的五言诗，写于他在京师失意时，是以月寄情泄愤，诗中的隐喻，现代人读不出来。这首诗的前面那几句，非常形象地描绘了对月亮的想象，也写了与月亮有关的神话传说："小时不识月，呼作白玉盘。又疑瑶台境，飞在青云端。仙人垂两足，桂树何团团？白兔捣药成，问言与谁餐？"这首诗，和《把酒问月》有异曲同工之妙，也是用一个个提问，把读者引入神奇的境界。

飞天登月，是中国人几千年来的梦想，去年，"嫦娥一号"卫星成功升空绕月飞行，实现了中国人的千年梦想。在中国的古代，不少诗人曾经梦想自己变成飞鸟，梦想能腾云驾雾，乘风飞入太空。飞上天后干什么？当然要看看天堂的景象，要看看月亮上的风

197

光。而这样的风景，全凭诗人的想象。李贺有一首著名的诗，题目
就是《梦天》，诗中写的就是天上的奇景：

> 老兔寒蟾泣天色，云楼半开壁斜白。
> 玉轮轧露湿团光，鸾珮相逢桂香陌。
> 黄尘清水三山下，更变千年如走马。
> 遥望齐州九点烟，一泓海水杯中泻。

李贺是中唐的诗坛奇才，被称为"诗鬼"，他一生抑郁不得志，
只活了二十七岁。但他的诗歌却是唐诗中一座巍峨峻拔的奇峰。他
诗中的悲凉情调，是发自内心的自然流露。生不逢时，人间无望，
便幻想飞上天去寻求，天上其实更寂寥虚幻。就如李商隐所咏：
"嫦娥应悔偷灵药，碧海青天夜夜心。"也如苏东坡所叹："只恐琼
楼玉宇，高处不胜寒。"然而李贺因为敢大胆梦想，才写出不朽的
诗篇。李贺的《梦天》，从头至尾充满了诡异和怪诞，天宫的景象，
在他的诗中并非绮丽完美，所有的描绘，都给人凄冷悲凉的感觉。
"老兔寒蟾"在灰暗的天色中哭泣，惨白的光芒斜照着半壁月宫。
"玉轮轧露湿团光，鸾珮相逢桂陌香"两句，是写天宫的绮丽，玉
轮碾过之处，荧光闪烁，每一滴露珠上都映射着湿润的月光，仙人
们迎面而过，能听到他们身上的玉佩叮当作响，能闻到风中的玉桂
清香。对天堂的描绘，也就到此为止。后面四句，是诗人对时空的
怀想和感慨，"黄尘清水三山下，更变千年如走马。遥望齐州九点
烟，一泓海水杯中泻。"人间的千年万载，在天上只是走马的瞬间，
而在空中俯瞰人世，那广袤大地不过是几缕尘烟，浩瀚大海只是天
仙的杯中之水，生命是何等渺小。我以为，这首诗中，最后这几
句，才是真正的绝唱。在地上，在人群中，很难产生如此缥缈阔大
的奇想，只有思绪飞升到高天云霄，感觉自己已成天宫的一员，在

九霄云外遥望人间，才可能写出这样的诗句。李贺没有飞天升空的经验，但他凭诗人的大胆想象，在一千多年前就有了今天宇航员的视野。这也是诗歌的魅力。

李贺还有一首诗题为《天上谣》，也值得一读：

> 天河夜转漂回星，银浦流云学水声。
> 玉宫桂树花未落，仙妾采香垂佩缨。
> 秦妃卷帘北窗晓，窗前植桐青凤小。
> 王子吹笙鹅管长，呼龙耕烟种瑶草。
> 粉霞红绶藕丝裙，青洲步拾兰苕春。
> 东指羲和能走马，海尘新生石山下。

李贺的《天上谣》，把梦入天宫的景象写得更加具体，更加神奇缥缈、扑朔迷离，一大群神话中的人物出现在他的诗中，有的在采花，有的在种草，有的在吹笙，有的在看风景，他们腾云驾雾，呼龙走马，每个人都在做自己喜欢的事情，是一群张扬个性、自由自在的神仙。李贺写的是月宫中的神仙，其实也是借景抒怀，表达自己对自由和理想生活的向往。

情感的月光

动人的吟月诗，当然不是纯粹写景，而是借月色寄托内心的情感。这种情感，很复杂，人间的喜怒哀乐、悲欢离合，都可能蕴涵其中。在古人诗中，明月是故乡，是亲人，是爱情，是友谊；明月是岁月，是历史，是无所不至的时空；明月是绮丽梦想，是美好愿望，是心灵的无限延伸。有一个外国评论家，在读了中国古人那些咏月诗之后，曾发出这样的感慨："月亮悬挂在中国诗坛的上空。

她是人间戏剧美丽而孤寂的观众,一切都在她的注视下,她所观察到的一切隐秘、激情、悲伤和欢乐,都被转化成美妙的比喻和文字,她无声地连接起远隔千山万水的思念。"这样的评论,也在我的心里引起了共鸣。

在明月之夜,远离故乡的游子会被皎洁的月光撩动思乡情怀。李白的《静夜思》,是中国人最喜欢最熟悉的思乡之诗。"床前明月光,疑是地上霜,举头望明月,低头思故乡。"这首诗,流传了一千多年,连三岁的孩童也会吟诵。游子思乡的文字,没有什么作品比这二十个字影响更大了。其实,此类好诗句,在唐诗中俯拾皆是,譬如杜甫的"露从今夜白,月是故乡明";白居易的"共看明月应垂泪,一夜乡心五处同";张九龄的"海上生明月,天涯共此时";王建的"今夜月明人尽望,不知秋思落谁家",都是能引动无限遐思的动人佳句。

说到这一类吟诵月亮的诗歌,不得不再谈谈李白。我曾经写过一篇散文,题为《李白和月亮》,李白一生作诗无数,他的诗中多少次写到月亮,很难统计。我想,如果以此题目写一篇古典文学的博士论文,也是可以的。李白诗中的月亮,变化多端,常写常新,他诗中出现过无数形、色、义各不相同的月亮。我们看看,李白诗中关于月亮的词汇有多丰富:

明月、朗月、皎月、素月、皓月、白月、弯月、半月、薄月、清月、汉月、晓月、寒月、山月、海月、云月、风月、花月、沙月、湖月、星月、水月、松月、天月、冰月、青天月、石上月……

这些都是出现在李白诗句中的月亮,其中很多属于李白的独创,每个词,都可以引发读者的丰富联想。

李白写月亮,没有一次是单纯的写景,总是和他的处境有关,和他的心情有关,和他的思考有关。前面欣赏的《把酒问月》《古朗月行》《静夜思》,就是如此。李白的吟月诗中,还有一首影响特别大，那就是《月下独酌》：

> 花间一壶酒，独酌无相亲。
> 举杯邀明月，对影成三人。
> 月既不解饮，影徒随我身。
> 暂伴月将影，行乐须及春。
> 我歌月徘徊，我舞影零乱。
> 醒时同交欢，醉后各分散。
> 永结无情游，相期邈云汉。

李白的《月下独酌》，是一首感情深沉浪漫，意象奇特，极富有想象力的天才之作，可以说是千古绝唱。美酒和明月，是李白一生无法离开的伴侣，它们出现在李白的诗中，变幻无穷，折射着诗人丰富浪漫的情感。

李白是在怎样的情况下写《月下独酌》的？我们可以了解一下他写这首诗的一些历史背景。李白酷爱自由，但他也难免俗，认为自己的才华完全有资格入朝当高官，实现济世的抱负。但李白不屑于经由科举登上仕途，而希望由布衣一跃而为卿相。因此他漫游全同各地，结交名流，以他的诗歌令无数人钦佩折服，并以此广造声誉。天宝元年（七四二），李白的朋友道士吴筠向唐玄宗推荐李白，唐玄宗读了李白的诗，觉得这样的天才难得，便下召让李白进京。李白对这次长安之行抱有很大的希望，临行时他给妻子留下的诗《别内赴征》中写道："归时傥佩黄金印，莫见苏秦不下机。"想象自己实现了济世抱负，衣锦还乡。然而现实和李白的预想完全不同，在长安，他并不如意，唐玄宗只是把他看作一个词臣，认为他只会写几句诗而已，并不重用他。在朝中，他还不断受到权贵的排挤。在长安不到两年，李白就被赐金放还，用今天的话来说，就是

"提前退休"。对心高气傲的李白来说，不仅丢脸，而且是心中梦幻的破灭。《月下独酌》，就写于李白被"赐金放还"之后，也就是在他的卿相梦幻破灭之时。此时此刻，没有人可以倾诉，他感到从未有过的孤独。夜晚，李白一个人借酒浇愁，他觉得，唯有对杯中的酒和天上的月，可以一吐心中的块垒。李白"举杯邀明月"，其实是在宣泄他内心的孤独。读《月下独酌》，我们能走近一颗孤寂而高傲的心灵。

这首诗，是李白在月下独自饮酒时的自吟自叹，作品以常人想不到的念头开场，可以说是奇峰突起，把人带入一个奇妙的情感世界。在花间月下，摆酒自酌，应该是宜人的环境，然而李白却不满足，为什么，因为孤独，身边没有一个至亲好友。于是李白忽发奇想，"举杯邀明月，对影成三人。"举杯向天，邀请明月，月亮、我和我的影子，成了三人，这是前无古人的奇思妙想，是李白的创造。一举杯，明月成伴，一低头，清影相随。从落落寡合的"无相亲"，到谈笑风生的"成三人"，李白在举手之间顷刻完成，这就是"诗仙"李白所为。"月既不解饮，影徒随我身。暂伴月将影，行乐须及春。"李白虽然请出了月亮与身影做伴，可惜，月亮却远在天边，不能和诗人同酌共饮；影子虽然近在咫尺，但也只会默默地跟随。此情此景，诗人的内心仍然还是孤独和寂寞，只得暂时伴着明月和清影，在这春夜良辰及时欢娱。诗中一个"暂"字，道出了诗人心中的清醒，这样及时行乐，只能是暂时的。下面的诗句，诗人的情绪越来越激昂："我歌月徘徊，我舞影零乱。"这时，李白似乎已经酒至半酣，渐入佳境，他且歌且舞，和身边的两个酒伴融为一体，头上的月亮仿佛随着他的歌吟飘游徘徊，地下的影子也跟着他的脚步翩然起舞。在写月亮的诗中，这是富有想象力的景象。在诗中，月亮和影子成了诗人孤独中的朋友，举杯对饮，同歌共舞，互诉衷肠。写到这里，好像很热闹，其实，还是难掩诗人心中的孤寂。最后四句，是诗人发自内心深处的感慨："醒时同交欢，醉后各分散。永结无情游，相期邈云汉。"清醒时我与你们一同分享欢乐，沉醉后便各自分散不见踪影。李白很清楚，只要一醉倒，这个临时的"三人"组合便会烟消云散荡然无存，现实的世界依然孤独寂寞。其实，与月亮和身影这样的无情之物结交，深刻地体现了李白的孤独。李白的一生浪漫多姿，但在那个时代，他还是历尽挫折，饱尝人间的世态炎凉。《月下独酌》这首诗，是他生活和性格的生动写照。不过李白心胸开阔旷达，现实再严酷，他也不会沮丧绝望。诗的最后两句，便体现了他的这种性格。"永结无情游，相期邈云汉。"就在诗人即将沉醉睡去的时候，他郑重其事地和明月、影子这两位酒友约定：让我们结成永恒的友谊，来日再相约聚会在浩渺云天。这种浪漫和天真，这种痴情和悲凉，这种不弃不离的执着，让人感动。乾隆皇帝当年读李白这首诗，曾由衷感叹："千古奇趣，从眼前得之。尔时情景虽复潦倒，终不胜其旷达。"

李白《月下独酌》的成功，不仅因为想象力奇特，还因为诗中的情绪跌宕起伏，波澜迭起，引人入胜，而且，全诗率性纯真，虽然浪漫奇特，却毫无做作。对此，编《唐诗别裁》的沈德潜这样评价："脱口而出，纯乎天籁。此种诗，人不易学。"在李白写《月下独酌》之后，曾有很多后人也在诗中邀月，那是拾李白的牙慧，想要超过李白，似乎没有可能了。

前年秋天，在台北，和一批台湾作家共度中秋之夜。从高楼餐厅的窗户可以俯瞰台北夜景，电光曳动，灯火璀璨。但是，大家的目光只是注视着天上的那一轮满月。月华如水，满世界流动着宁静和安详。中秋的明月，照耀着全世界的中国人，无论身在何方，此时，心魂都会在月光中飘飞回故乡，和亲人团圆。坐在我身边的是一位台湾女诗人，我问她，此刻，如果要你选一首诗表达心情，你选什么诗。她几乎不假思索地回答我："苏东坡的《水调歌头》，

'但愿人长久，千里共婵娟'。"她的话，引起我的共鸣，也被在座的所有人赞同。

古人诗中吟咏中秋的篇章，不计其数。流传最广的，也许应属苏东坡的《水调歌头》：

> 丙辰中秋，欢饮达旦。大醉，作此篇，兼怀子由。
>
> 明月几时有？把酒问青天。不知天上宫阙，今夕是何年？我欲乘风归去，又恐琼楼玉宇，高处不胜寒！起舞弄清影，何似在人间？
> 转朱阁，低绮户，照无眠。不应有恨，何事长向别时圆？人有悲欢离合，月有阴晴圆缺，此事古难全。但愿人长久，千里共婵娟。

苏东坡的《水调歌头》，是中国人最熟悉的古诗之一。这首词，是苏东坡在中秋之夜把酒问月，怀念他的弟弟苏辙（字子由），也是对一切经受着离别之苦的人表示的美好祝愿。把酒问月，是受了李白的影响，但苏东坡这首词完全从李白的《把酒问月》中脱化出来，有了自己的独特风格和意境。宋代有一位名叫胡元任的诗词理论家，曾经这样评价苏东坡这首词："中秋词，自东坡《水调歌头》一出，余词尽废。"他认为《水调歌头》是写中秋的词里最好的一首，这是一点儿也不过分的。这首词仿佛是诗人和明月的对话，在对话中探讨着人生的意义。既有情趣，又有理趣，耐人寻味。它的意境豪放而阔大，情怀乐观而旷达，诗中对明月的向往之情，对人间的眷恋之意，以及那浪漫的色彩、潇洒的风格和行云流水一般的语言，感动并吸引了一代又一代读者。此词的最后两句"但愿人长久，千里共婵娟"，已成为中国人对远方亲友的最常用的祝福语。

前文我们介绍过李白的吟月诗，说他的《月下独酌》那样奇妙的诗篇不可超越。如果说，中国古代诗人中有谁在吟月的题材上可以和李白相媲美，我以为，非苏东坡莫属。因为《水调歌头》已成为中秋咏月的绝唱，后人忽略了苏东坡其他写中秋吟月的诗词。其实，苏东坡还有一些中秋吟月的诗篇，也写得意味深长。譬如，《中秋见月和子由》，也和他的弟弟苏辙有关，是和苏辙的诗而作，这是古人写中秋诗篇中难得的长歌，共十四联四十八句，从月升写到月落，其中绘景抒情，记人叙事，既激越酣畅，又低回婉转，读来让人心动：

> 明月未出群山高，瑞光千丈生白毫。一杯未尽银阙涌，乱云脱坏如崩涛。谁为天公洗眸子，应费明河千斛水。遂令冷看世间人，照我湛然心不起。西南火星如弹丸，角尾奕奕苍龙蟠。今宵注眼看不见，更许萤火争清寒。何人舣舟临古汴，千灯夜作鱼龙变。曲折无心逐浪花，低昂赴节随歌板。青荧灭没转山前，浪飐风回岂复坚。明月易低人易散，归来呼酒更重看。堂前月色愈清好，咽咽寒螀鸣露草。卷帘推户寂无人，窗下咿哑惟楚老。南都从事莫羞贫，对月题诗有几人。明朝人事随日出，恍然一梦瑶台客。

苏东坡在这首诗中把明月比作天公之眼："谁为天公洗眸子，应费明河千斛水。"这样奇特的比喻，前所未有。而"一杯未尽银阙涌，乱云脱坏如崩涛"这两句的气势，也是非同凡响。使我感动的，是诗人自己在月光中的影子，"卷帘推户寂无人，窗下咿哑惟楚老。南都从事莫羞贫，对月题诗有几人。明朝人事随日出，恍然一梦瑶台客。"这是一个沉浸于月色的诗人，是一个既浪漫又忧伤的思想者和梦游者。

中国古代诗人吟月的诗篇，可以说是浩如烟海，我在这里介绍的，只是沧海一粟。读者如果有兴趣，回家可以翻阅各种版本的唐诗宋词和其他朝代的诗选，也可以到网上去寻找。用两个词来搜索：一个是"古诗"，一个是"月亮"，你可以发现，搜索的结果，是成千上万不计其数。

能饮一杯无

二十年前韩国诗人许世旭访问中国，我陪他去杭州和绍兴。许世旭是韩国著名的汉学家，不仅精通汉语，还能用汉语写诗和散文。那次是许世旭第一次访问中国，一路上，他无法抑制自己的激动。他说，无数次梦游唐诗宋词的故乡，现在身临其境，梦想成真了。那几天，他随身带着一瓶酒，走到哪里都会喝上一口。在西湖畔，他喝了一口酒，说："我想起白居易的一首诗。"我问他哪一首，他马上就低吟出口：

绿蚁新醅酒，红泥小火炉。晚来天欲雪，能饮一杯无？

这是白居易的五绝《问刘十九》，也是我喜欢的唐诗。我曾经奇怪，这么简单的一首诗，没有什么情节，也没有惊人之句，为什么却让人回味不尽。诗中描绘的是喝酒的情景，也是对友情的讴歌和回忆。此诗又题为《同李十一醉忆元九》，是诗人在喝酒时回忆起一位叫刘十九的朋友。红泥小火炉上煮着热气腾腾的美酒，屋外虽然是就要下雪的寒夜，但和知心朋友在温暖的炉火前对酌，那是

207

怎样令人心动的情景。最后一句"能饮一杯无",尤其让人感动,这不是强制的或者无节制的劝酒,而是带着关切的心情,轻声询问:你是不是还能再喝一杯?全诗随着这句询问戛然而止,留给读者悠长的回味和联想。

《唐诗三百首》对这首诗有评价:"信手拈来,都成妙谛。诗家三昧,如是如是。"《唐诗评注读本》中评论:"用土语不见俗,乃是点铁成金手段。"说得有理。

此诗中的"绿蚁",现代人已不知何物。最初这两个字的意思,是酒上的绿色泡沫,又称"碧蚁",后来则被作为酒的一种代称。晋代谢朓《在郡卧病呈沈尚书》中有"嘉鲂聊可荐,绿蚁方独持"之句,吴文英《催雪》中有"歌丽泛碧蚁,放绣箔半钩"之句,都是指酒。"红泥小火炉",也是令人神往的意象,简朴中透露出亲近和暖意。许世旭回国时,我送他一把宜兴紫砂壶,他捧在手中端详了一会儿,喃喃说道:"这就是白居易诗中的'红泥小火炉'吧。"白居易诗中的火炉,当然不会是宜兴的紫砂壶,不过许世旭的感觉没有错,紫砂壶的古朴和简洁,使他联想到白居易诗中的情境和意象。

去年冬天,我受邀去韩国谈中国文学,许世旭来机场接我。当天晚上,在首尔热闹的明洞步行街,他找了一家风格纯正的韩国餐馆请我吃饭。餐馆里灯火幽暗,一个小火炉上,煮着一锅热气腾腾的面条,两个人举杯对酌,一杯接一杯,很自然地回想起二十年前西湖畔的往事。许世旭笑着问我:"能饮一杯无?"我们相视一笑,岁月的隔阂消逝得不见踪影。杯影晃动之间,分明有一个飘然的身影陪伴左右,那是白居易。

图书在版编目（CIP）数据

顶碗少年：赵丽宏作品精选 / 赵丽宏著. -- 北京：作家出版社，2018.8
（部编语文教材配套阅读丛书）
ISBN 978-7-5212-0053-9

Ⅰ．①顶… Ⅱ．①赵… Ⅲ．①散文集 – 中国 – 当代 Ⅳ．①G624.233

中国版本图书馆CIP数据核字（2018）第121867号

顶碗少年：赵丽宏作品精选

作　　者：赵丽宏
策划编辑：郑建华
责任编辑：乔永真　李　雯
装帧设计：揽胜视觉
出版发行：作家出版社
社　　址：北京农展馆南里10号　　　　邮　　编：100125
电话传真：86-10-65930756（出版发行部）
　　　　　86-10-65004079（总编室）
　　　　　86-10-65015116（邮购部）
E-mail:zuojia@zuojia.net.cn
http://www.haozuojia.com（作家在线）
印　　刷：中煤（北京）印务有限公司
成品尺寸：165×240
字　　数：166千
印　　张：13.25
印　　数：001-8000
版　　次：2018年8月第1版
印　　次：2018年8月第1次印刷
ISBN 978-7-5212-0053-9
定　　价：32.00元